KB073630

지구의 고아들

바이 신이 지음 | 김지민 옮김

지구의 고아들

초판 1쇄 인쇄 2023년 5월 15일
초판 1쇄 발행 2023년 5월 31일

글 | 바이 신이
옮김 | 김지민
편집 | 정윤아
디자인 | 여름날디자인
마케팅 | 이지수
펴낸이 | 김지유
펴낸곳 | 페리버튼
등록 | 제2023-000012호
주소 | 07228 서울시 구로구 새말로 93
전화 | 070-8800-4157
팩스 | 050-8924-4157
전자우편 | peributton@naver.com
블로그 | blog.naver.com/peributton
인스타그램 | peributton

ISBN 979-11-981919-1-5

지구의 고아들

바이 신이 지음 | 김지민 옮김

페리버튼

목차

저자 서문

"새끼 코뿔소가 제 등을 들이받았거든요."

〈지구의 고아〉를 제작한 동기를 물어볼 때마다 나는 이렇게 대답한다. 〈지구의 고아〉는 대만 최초로 '지구의 멸종위기종'을 촬영한 자연 다큐멘터리 프로그램이다. 2016년 11월부터 지금까지 프로그램을 촬영하느라 전 세계 육대주를 비롯해 남극과 북극까지 섭렵했다. 펭귄부터 북극곰, 재규어부터 삵까지 촬영하며 인류와 야생동물의 관계를 탐구했을 뿐만 아니라 기상 이변, 서식지 축소, 밀렵과 몰살, 인류로 인해 지구상의 백만 종이나 되는 생물이 점점 멸종해 가는 상황도 심도 있게 조사했다.

생태 보전 프로그램을 제작하는 일은 무척 고단하고, 돈도 많이 들고, 게다가 시청률도 낮았다. 고생스러웠던 싸움의 과정은 이 한 문장으로 압축할 수 있겠다.

'고생만 실컷 하고 좋은 소리는 못 들었네.'

나는 새끼 코뿔소에게 들이받히고 나서야 이 일을 기꺼이 할 마음이 생겼다. 해가 거듭될수록 고생만 실컷 하고 좋은 소리는 못 듣는 이 일에 더욱 몰두했다.

시작은 단순했다. 동료 PD의 추천으로 가게 된 남아공의 코뿔소 고아원에서 7개월 된 새끼 코뿔소 잭이 내 등을 슬그머니 들이받은 것이다. 남아공에서 돌아온 뒤에도 그 순간이 계속 떠올랐다.

'나에게 무언가를 말하고 싶었던 것은 아닐까?'

그렇게 〈지구의 고아〉를 제작하려는 발상이 시작됐다. 남아공에 가서 촬영하기 전까지만 해도 나는 '동물 고아원'이라는 시설이 존재하는지조차 몰랐다. 이런 안식처마저 사라진다면 어미를 잃은 새끼들은 생존할 기회가 거의 없다는 사실도. 대만으로 돌아온 뒤에도 나는 코뿔소에게 들이받힌 경험과 '동물 고아원'의 의미를 거듭 생각했다. 지구에서 의지할 데 없이 홀로 살아가야 하는 어린 짐승들이 꼭 '지구의 고아' 같다는 생각이 들었다. 프로그램 이름도 여기에서 따왔다.

코뿔소 고아원 편을 제작해서 방송한 뒤 나무늘보 고아원, 코끼리 고아원, 불곰 고아원을 뒤이어 촬영했다. 이런 고아원은 대부분 개인이 설립한 것이다. 원장부터 자원봉사자까지 그곳의 사람들은 동물을 치료하는 과정에서 자신을 치유하기도 한다.

나는 지구의 외진 곳에 동떨어져 있는 '지구 고아원'에서 벌어진 이야기를 기록해 책으로 엮었다. 글자로 옮겨진 나의 경험이 더욱 많은 공감과 보전 의식을 끌어내기를 바란다. 이 역시 방송국에 20년 동안 몸담은 언론인으로서의 책임을 다하는 것이리라.

2023년은 세계 지구의 날 53주년이다. 우리 자신에게 물어보자. 이 아름다운 행성을 위해, 최선을 다했는가?

우리에게는 구원이 필요하다. 인간과 동물과 지구를 위해서.

제1장

남아공
코뿔소 고아원

지도에 나오지 않는 고아원

"남아공에 가서 코뿔소 고아원을 찍어보는 거 어때?"

2016년 늦가을, 당시 어느 재단의 주요 책임자였던 친구 첸추가 느닷없이 제안했다.

"코뿔소 고아원이라고?"

방송국에서 20여 년이나 일했지만 '동물 고아원' 같은 단체를 찍었다는 이야기는 금시초문이었다. 게다가 대만에서 1만 2천 킬로미터 넘게 떨어진 남아공에 있다는데 어찌 솔깃하지 않을 수 있겠는가.

"갈래!"

친구가 근무하던 문화교육재단은 오래전부터 동물의 보전과 교육에 힘쓰고 있었고 기부금으로 남아공의 코뿔소 고아들을 도와왔다. 그러던 중, 고아원에 우리 팀을 소개해줬고 우리는 매스컴으로서는 최초로 그곳에 가게 된 것이다.

남아공 비자를 받기란 쉬운 일이 아니었다. 수많은 서류와 더불어 경제 능력을 증명하는 서류까지 제출해야 했으며, 흔히 옐로 페이퍼라고 하는 황열병 백신 접종 증명서도 필요했다. 나는 아침 일찍 예방 접종을 받고 바로 회사로 출근했다. 듣자 하니 접종자 대부분은 근육통과 미열 증상을 보인다는데 나는 아무런 증상도 없었다. 또한 출발 이틀 전부터 말라리아 예방약인 '아토바쿠온'을 복용하기 시작해서 20일 내내 먹어야 했다. 현기증이 난다거나 메스꺼움을 느끼는 등의 부작용을 겪는 사람이 많다지만 나는 이마저도 전혀 겪지 않았다.

그러고 보면 나라는 사람의 체질과 특성이 방송 업계와 잘 맞긴 하다. 차멀미, 비행기 멀미, 뱃멀미도 하지 않는 데다가 추위나 더위도 좀처럼 타지 않는다. 스트레스에도 강하고 멘탈도 튼튼하며 체력과 식욕도 좋다. 바빠서 끼니를 거르거나 잠을 못 자거나 화장실에 못 가더라도 멀쩡하다. 그러다 보니 나는 현장에서 건장한 일꾼으로 여겨질 수 있었다. 다행이었다.

처음 아프리카에 발을 디딘 건 15년 전, 어느 의료 봉사 단체를 따라 케냐의 빈민구로 갔을 때였다. 당시 검은 대륙은 확실히 암흑으로 뒤덮여 있었다. 거대한 대머리독수리들이 케냐의 가로수 꼭대기를 점령하고 있던 광경은 지금 돌이켜봐도 여전히 온몸의 솜털이 곤두설 만큼 무시무시했다. 하지만 그때조차도 이번 방문만큼 무섭지는 않았다. 요하네스버그의 자자한 악명은 익히 들은 터였다. '전 세계에서도 치안이 최악인 도시, 자동차 문을 벌컥 열고 사람을 끌어내서 강도질하는 도시…….' 우리가 비행기에서 내려 차에 올라타자마자 기사는 차 문을 모조리 잠가버렸고, 가는 길을 촬영하고 싶다고 해도 절대 내려주지 않았다. 인솔자 말로는 우리가 촬영 장비를 잔뜩 갖고 있어서 너무 눈에 띈단다. 그래서 우리는 창문을 사이에 둔 채 범죄가 들끓는 이 도시를 주마간산식으로 훑어볼 수밖에 없었다.

'남아프리카 공화국 음푸말랑가주의 어느 산속.'

연락 담당자가 준 정보는 매우 간결했다. 랜드마크도, 거리 이름도, 간판도 없었고 구글이나 GPS로 목적지를 탐색할 수도 없었다. 약속 장소에 도착해 신분 확인을 마치고 나니 차를 쫓아오라는 지시를 받았다. 차는 큰길에서 작은 길로 빠지는가 싶더니 어느새 길이 없는 데로 달렸다. 이번에는 검문소에서 조사를 받은 뒤 셔틀로 갈아탔다. 검은 천으로 눈을 가리지 않았다뿐이지 스파이 영화 같았다. 대만을 떠난 뒤 비행기로 약 15시간(환승 시간 제외), 차로 4시간을 이동한 후 마침내 숲속 깊은 곳에 숨어 있는 코뿔소 고아원에 도착했다. 꼬박 하루가 걸린 이동 시간과 시차로 인해 정신이 썩 맑지는 않았지만, 이제와 돌이켜보니 이 정도 여정은 지나치게 힘든 편은 아니었다. 요 몇 년 동안 프로그램을 촬영하면서 공중과 지상에서의 이동 시간이 24시간 이하였던 적이 없었기 때문이다. 2019년 브라질의 판타나우 습지를 촬영할 때는 비행기로 34시간, 차로 7시간을 이동하고 작은 배로 갈아탄 다음에야 재규어의 종적을 찾을 수 있었다. 2017년에 간 남극은 또 어떠한가. 비행기를 타고 35시간을 날아서 '세계의 끝'이라는 우수아이아에 도착한 뒤, 쇄빙선을 타고 이틀에 걸쳐 지구에서 가장 위험한 남극해 항로인 드레이크 해협을 가로지른 다음에야 겨우 남극 대륙에 오를 수 있었다. 기록이란 다시, 또다시 갱신되는 법이다.

*

셔틀로 쓰는 지프가 코뿔소 고아원의 입구로 들어가자 촬영팀을 마중나온 원장 페트로넬이 보였다.

"신비주의를 고수하려는 게 아니에요. 밀렵꾼들의 이목을 피해야 하거든요."

페트로넬은 겸연쩍은 미소를 지었다. 참 아름다운 여인이었다. 그는 남아공의 멸종위기종을 보전하는 경찰로 20년 넘게 근무하면서 밀렵꾼과도 20년 넘게 싸워왔다.

"밀렵꾼이 얼마나 사악한지 상상도 못 할 거예요."

1999년 퇴직 후 야생동물을 연구하는 학교를 세웠고 2011년에는 땅을 사서 코뿔소 고아원을 세웠다.

"코뿔소 밀렵이 너무 심각하거든요. 뭐라도 해야만 했어요."

현재 남아공에서는 매일 평균 네 마리의 코뿔소가 밀렵꾼의 칼 아래 참혹하게 죽어간다. 그래서 이 아름답고 강인한 여인은 밀렵꾼과의 전쟁을 공개적으로 선포했다.

이곳은 은밀한 보호소로 현재 어린 코뿔소를 50마리 넘게 수용하고 있다. 밀렵꾼의 침입을 방지하기 위해 고아원 주변에 1만 볼트의 전류가 흐르는 철조망을 설치했고, 24시간 내내 보초를 세운 데다가 엄격하게 훈련된 사냥개 무리도 뒀다. 뿐만 아니라 완전 무장한 순찰대원 대다수는 퇴역 군인 출신이었다. 페트로넬은 촬영할 때 대원들의 얼굴이 최대한 나오지 않게 해달라고 당부했다. 대원들의 신분이 드러나 밀렵꾼의 표적이 되는 일을 막기 위해서였다. 그러나 공수특전대 출신인 순찰대장은 자신의 안위를 신경 쓰지 않는 듯했다. 그는 이 직업의 위험과 부담을 잘 알고 있었다.

"어디에나 위험은 있고, 어떤 일을 하든 부담을 감수해야 하는 법이죠. 코뿔소를 지키는 일만 그런 건 아니에요. 제 손자도 미래에 코뿔소를 볼 수 있기를 바랍니다."

어린 코뿔소는 18개월이 되어 젖을 끊을 때까지 매일 분유를 10킬로그램씩 먹는다. 거기에 더해 12킬로그램이나 되는 목초, 자주개자리 싹, 영양 보충제 등을 온종일 끊임없이 먹어대며 깜짝 놀랄 만한 식사량을 자랑한다. 반면에 천성적으로 쉽게 초조해하고 긴장하기 때문에 소화불량, 설사, 위궤양에 시달리곤 한다. 그럴 때면 약품으로 특별한 조치를 취해야 한다. 고아원의 최종 목표는 어린 코뿔소를 만 6세까지 돌보고 숲에 야생 방사하는 것이다. 만약 재활 성적이 신통치 않거나, 장애가 있어 야생 방사가 여의치 않은 코뿔소가 있다면 고아원에서 여생을 보내기도 한다. 이곳의 경비 지출이 워낙 크다 보니 페트로넬의 부담도 상당히 컸다. 지구에서 가장 큰 규모의 코뿔소 수용센터라지만 고아원은 영리 기구가 아니다. 경비는 거의 기부금으로 충당하고 있으며 운영도 대부분 자원봉사자에게 의존하고 있다.

새끼 코뿔소 돌보기는 노동집약적인 일이다. 분유와 먹이를 먹이고, 우리를 청소하고, 재활을 돕고……. 수많은 자원봉사자가 없다면 페트로넬이 어떻게 이 모든 걸 감당할 수 있겠는가. 고아원의 자원봉사자들은 세계 여러 나라에서 왔고, 각자 다른 일에 종사하는 사람들이다. 그들은 자기 주머니를 털어서 지도에도 나오지 않는 먼 고아원으로 달려와 몸과 마음을 다해 코뿔소의 보모 역할을 자처한다. 이는 모두가 페트로넬의 이념에 동의하기도 하지만, 그보다는 어미를 잃은 코뿔소 고아들에게 살아갈 기회가 있기를, 언젠가는 이들이 서식지로 돌아가 종족을 번성하기를 바라서일 것이다.

*

우리는 자원봉사자들이 지내는 목조 숙소에서 지냈다. 숙소는 우기에 물이 들어차지 않도록 바닥이 지면에서 떨어져 있었고 그 밑으로 동물들이 지나다녔다. 사람들은 이곳을 드나들 때마다 주의해야 했다. 동물과 맞닥뜨리기라도 하면 서로 난처하니까. 내부는 이층침대 두 개와 몸을 돌리기 힘들 정도로 비좁은 욕실이 전부였다. 물을 데우려면 장작을 때야 하니 샤워 시간은 짧을수록 좋았다. 고아원에서는 태양광 발전을 사용하는데, 드라이기처럼 전력을 소모하는 전자제품은 일절 사용 금지였다.

그래서 촬영 기간 내내 나는 헝클어진 머리를 질끈 동여맨 모습으로 카메라에 찍히곤 했다.

한번은 갑자기 폭우가 쏟아지는 바람에 장비의 전원이 켜지지 않았다. 도저히 뾰족한 수가 없어 페트로넬에게 이번 한 번만 드라이기로 장비를 말리게 해달라고 사정했다. 그렇게라도 하지 않으면 앞으로 며칠은 촬영할 수가 없었기 때문이다. 그런데 드라이기를 켠 지 얼마 되지 않아 사방이 온통 어둠에 잠겨버리고 말았다. 온 구역의 전력을 다 써버린 것이다.

전기 사용만 그런 게 아니다. 식량 역시 낭비하지 않도록 치밀하게 계산됐다. 유난히 인기 좋은 메뉴가 몇 가지 있었는데 이걸 먹을 수 있느냐는 각자의 능력에 달려 있었다. 달걀 볶음 같은 건 나오기만 하면 싹 사라졌고, 바나나도 마찬가지로 눈 깜짝할 새 사라졌다. 한번은 아침 배식 때 바나나를 확보하는 데 성공했다. 나는 저녁 식사 시간에 천천히 음미할 요량으로 바나나를 식료품 바구니의 맨 밑에 숨기고 인기 없는 과일로 그 위를 잘 덮어뒀다. 그러나 내가 빼돌려 둔 바나나는 누군가의 눈에 띄었는지 결국 사라져버리고 말았다.

TV나 컴퓨터는 물론 휴대폰조차도 갖고 놀 수 없었다. 저녁 식사를 마치면 우리는 숙소 테라스에 자리를 잡고 앉아 별로 뒤덮인 남반구의 하늘을 바라보며 멍하니 있거나, 수다를 떨거나, 바람을 쐬거나, 머리를 말렸다. 늘 시간에 쪼들리던 언론인에게 이처럼 아무 목적 없이, 아무 일도 하지 않는 시간은 가장 방종한 사치이자 가장 부끄러운 행복이었다.

몸과 마음을 다친 새끼 코뿔소

새벽 6시가 되면 자원봉사자들은 먹이를 준비하기 시작했다. 비타민, 미네랄, 단백질, 포도당을 넣어 만든 특별한 분유가 담긴 2킬로그램짜리 젖병들이 대단한 장관을 이뤘다. 아침밥을 기대하는 새끼 코뿔소는 멀리서 인기척을 듣기만 해도 초조하게 '우우' 하고 울었다. 자원봉사자들은 코뿔소 우리에 들어갈 때마다 손발을 깨끗이 소독했다. '동물을 보호하는 건 자신을 보호하는 것'이라고 말하던 페트로넬은 위생을 매우 깐깐하게 챙겼다.

이날 아침, 나를 데리고 새끼 코뿔소에게 먹이를 주러 간 사람은 고아원에 몇 없는 정직원인 도로타였다. 다들 도로타를

'점'이라는 뜻의 '도트dot'라고 불렸는데, 몸집이 진짜로 점처럼 작았다. 게다가 도트는 일손이 부족한 고아원 안을 늘 뛰어다녔는데 그 모습이 마치 여기저기를 빠르게 누비는 점처럼 보이기도 했다. 먹이를 주기 전 도트는 경고했다.

"새끼 코뿔소는 힘이 엄청 세니까 젖병을 꽉 잡고 있어야 해요!"

손에서 살짝 힘을 빼기만 하면 젖병에 사람까지 끌려갈 거란다. 그 말대로 분유를 먹이는 과정은 줄다리기 같았다.

"분유를 다 먹였으면 바로 나가야 해요. 안 그러면 분유를 더 먹겠다고 공격적으로 변할 수도 있어요. 얼른 먹이고 나가요!"

30초도 안 되는 사이에 새끼 코뿔소는 젖병을 완전히 비워버렸다. 나는 젖꼭지를 힘껏 잡아 빼느라 꼴사나운 포즈를 취하고 말았다.

*

지금은 앞다투어 젖병을 물 만큼 원기 왕성하지만 새끼 코뿔소들이 고아원에 갓 들어왔을 때는 이런 상태가 아니었다고 했다. 대다수는 지나치게 겁을 먹어 침묵에 빠져 있었다. 어미가 비참하게 죽는 광경을 직접 목격했기 때문이다. 도트는 다치고

겁먹은 새끼 코뿔소 룰라와 24시간 붙어 있으면서 안아주고, 위로해주고, 격려해줬다. 도트의 보살핌이 없었다면 룰라는 버티지 못했을지도 모른다. 사람의 품 안에서만 안심하고 잠드는 만주도 있다. 만주의 왼쪽 눈에는 칼자국이 뚜렷이 남아 있다. 밀렵꾼이 만주의 어미를 죽일 당시, 어미 옆에서 물을 마시던 만주는 고작 생후 1주였는데 밀렵꾼의 도끼날에 왼쪽 눈을 거의 실명했다. 처음에 만주는 우리 안을 뱅뱅 맴돌기만 했다. 수의사는 만주가 머리를 다친 건 아닌지 걱정했다. 나중에야 알았지만 만주가 뱅뱅 맴돈 것은 머리를 다쳐서가 아니라 겁을 먹고 불안해서였다.

"만주가 살아남은 건 진짜 기적이에요!"

페트로넬은 안도의 숨을 쉬었다. 그리고 또 다른 기적이라고 할 수 있는 로포의 사연도 말해줬다.

로포의 등은 밀렵꾼에 의해 참혹하게 부서졌다. 로포는 피를 흘리며 며칠 동안 숲속에서 미친 듯이 날뛰었다.

"밀렵꾼이 로포의 어미를 죽이고 뿔을 뽑았어요. 그다음 로포의 등을 칼로 베려고 할 때 로포가 달아났죠. 하지만 등을 두 번이나 깊게 베이는 바람에 출혈이 아주 심했어요. 앞발도 나무 가시에 찔렸고요. 저도 닷새나 걸려서 겨우 찾았어요. 처음에는 찾지 못하니까 잃어버렸다는 뜻에서 '로스트Lost', 나중에는 찾았다는 뜻에서 '파운드Found', 이렇게 두 단어를 합쳐서 '로포Lofo'라는 이름을 지었죠."

로포의 상처는 잘 낫지 않았다. 수의사는 '분리 뼛조각 제거 수술'을 하기로 했다. 이건 이제껏 없었던 방식의 코뿔소 치료 수술이었다. 수의사 넷이 달라붙어 집도한 결과, 수술은 상당히 순조롭게 진행됐고 로포의 회복 경과도 매우 좋았다. 같은 시기에 수술을 받고 회복한 윈터도 있다. 윈터는 어미가 쓰러진 뒤에도 떠나지 않고 그 옆을 지키다가 땅늑대 무리에게 공격을 받았다. 그때 물어뜯긴 오른쪽 귀는 썩어 들어갔고, 왼쪽 귀는 고작 0.2센티미터가 남았다. 제때 발견해서 구조하지 못했더라면 상처가 감염돼 죽거나 청력을 상실했을 것이다.

몸과 마음을 다친 이 새끼 코뿔소들이 고아원에 오면 새 환경에 적응하기 전까지 눈과 귀를 부드러운 천으로 가려준다. 공포에 사로잡혀 자신을 다치게 하는 일이 없도록 하려는 것이다. 새 엄마 페트로넬은 잠시도 그들 곁을 떠나지 않고 사신死神의 손에서 겨우 구해 온 연약한 생명들을 보호했다.

*

우리가 촬영하던 당시 고아원에서 가장 어린 코뿔소는 생후 7개월 된 잭이었다. 잭은 호기심이 무척 많은 아기였다. 페트로넬은 잭을 아가야, 하고 불렀다. 잭과 대화할 때도 아기를 어르는 듯했다.

"이 병은 뭘까? 물을 마시는 거야. 이리 와서 물 좀 마셔볼까? 우리 아가 착하지!"

잭은 페트로넬을 보자 기뻐하면서 이리저리 어슬렁댔다. 사람을 따르는 지금과는 다르게, 잭이 막 고아원에 왔을 무렵에는 아무도 그 옆에 다가갈 수 없었다.

"아직 어린 아기인데 원치 않은 일을 겪었잖아요. 여기에 오고 싶지도, 갇히고 싶지도 않았겠죠."

페트로넬은 잭의 처지에 가슴 아파했다.

"잭은 엄마와 함께 살았어야 해요. 사람 엄마 말고, 코뿔소 엄마랑요. 제가 잭의 엄마가 돼 주고 싶을 때가 많지만, 불가능한 일이에요."

*

"코뿔소 만져본 적 있어요?"

페트로넬이 불쑥 물었다. 나는 페트로넬이 했던 말의 여운을 곱씹는 중이라 얼떨떨한 채로 대답했다.

"한 번도 만져본 적 없어요!"

잭은 아기였지만 2백 킬로그램이 넘는 '초대형 아기'였다. 탄탄하고 두꺼운 겉가죽은 갑옷 입은 무사를 떠올리게 해서 쉽사리 접근할 엄두가 나지 않았다. 낯선 냄새에 호기심을 느낀 걸까. 잭이 천천히 다가와서 냄새를 맡더니 내 바짓가랑이를 질겅거리기 시작했다. 나는 얼른 페트로넬의 등 뒤로 숨었다.

"잠시 놔두세요. 잭이 당신을 좋아하는 거예요."

나는 쭈뼛쭈뼛 잭의 머리를 쓰다듬으면서 소통을 시도해봤다. 호기심 많은 아기는 손님의 바짓가랑이를 질겅거린 다음, 구석진 곳으로 들어가더니 멀리서 손님을 관찰했다.

"우리 코뿔소 보호소에서 구조한 동물은 대부분 버려지거나 어미를 잃은 동물들이에요. 우리는 아이들을 치료하고 돌본 뒤, 제대로 회복한 걸 확인한 다음 야생에 방사해요. 그래야만 계속 번성할 수 있을 테니까요……."

페트로넬과 나는 마주 앉아 고아원의 경영 이념에 관한 진솔한 이야기를 나눴다. 이야기에 한창 열을 올리고 있는데 갑자기 잭이 내 등을 슬쩍 들이받았다.

"엄마야!"

나는 펄쩍 뛰어오르며 크게 소리쳤다. 페트로넬은 허리를 숙이며 웃었다.

"도망치지 말아요. 잭이 당신을 정말 좋아하는 거예요. TV에 이 장면이 꼭 나왔으면 좋겠네요!"

페트로넬은 잭이 나를 다치게 할 리가 없다는 걸 알고 있었다. 잭의 기습은 공격이 아니라 호의에서 나온 귀띔이었다. 수다를 떠느라 자기의 저녁 산책 시간에 늦지 말라는 뜻이었다.

*

훗날 새끼 코뿔소에게 들이받힌 느낌이 어땠냐는 질문을 받았다. 나는 그저 놀랐을 뿐이었다고 답했다. 장난스럽게 살짝 들이받은 것쯤은 대수롭지 않았고 잭도 진짜로 힘을 쓴 건 아니었다. 진짜로 힘을 썼다면 나는 휙 날아가버렸을 것이다. 또 잭의 뿔은 다 자라지 않았으므로 완전 무장했다고 말하기에는 아직 일렀다. 안타깝지만 잭은 제 얼굴에 돋아난 뾰족한 뿔에 어떤 신비한 능력*이 있는지를 영영 알지 못할 것이다. 나중에 야생으로

* 고대 중국에서는 코뿔소의 뿔에 영감 능력이 있다고 하며, 서로의 마음이 통한다는 뜻의 비유로도 쓰인다.

돌아갔을 때 또다시 밀렵꾼의 목표가 되지 않도록 수의사가 잭의 뿔을 제거할 것이기 때문이다. 고아원에 있는 모든 코뿔소는 한 살이 넘으면 반드시 뿔을 제거하고 매년 최소 두 번은 그 자리를 다듬는다. 코뿔소의 뿔은 손톱처럼 자르고 난 뒤에도 다시 자라기 때문이다. 뿔 없는 코뿔소도 코뿔소라고 할 수 있을까? 나는 탄식했다.

"우리도 이러고 싶지는 않아요. 하지만 악에 대항하려면 악한 수단을 쓸 수밖에요."

페트로넬이 단호하게 말했다. '필요악.' 이는 코뿔소가 피비린내 나는 숲에서 살아남는 유일한 방법이었다.

악을 물리치는 뿔과 마귀의 밀렵

최근 몇십 년 사이에 사냥당한 코뿔소의 숫자는 9천 퍼센트로 폭증했다. 20세기 초까지만 해도 지구상에는 코뿔소가 50만 마리가량 있었지만 백 년이 지난 오늘날에는 고작 2만 9천여 마리만 남아 있을 뿐이다. 그중 절대다수는 흰코뿔소인데, 흰코뿔소의 피부색은 사실 새하얀 색이 아니다. 흰코뿔소의 '흰[white]'은 '넓은[wide]'에서 와전됐다고 한다. 흰코뿔소의 입 모양이 널찍하고 평평한 데서 나온 말이다. 와전된 단어가 그대로 굳어진 채 전해 내려온 것이다. 또 입이 뾰족한 '검은코뿔소'라는 품종이 있다. 이 품종도 피부색이 검지는 않다. '흰'과 구별하기 위해 '검은'이라고 이름을 붙인 것이다. 야생 검은코뿔소는 더욱 희소하다. 국제자연보전연맹의 적색목록*에서 '위급' 등급에 해당하는 종으로 현재 2천 5백마리도 채 남지 않았다.

지구상에 있는 코뿔소의 80퍼센트는 남아공에 집중돼 있다. 그렇기에 전 세계에서 가장 큰 코뿔소 도살장이 바로 남아공의 크루거 국립공원이다. 19세기 말에 세워진 크루거 국립공원은 인류 역사상 최초로 야생동물 보전을 목적으로 설립한 보호구역이었으나 지금은 코뿔소의 무덤으로 전락하고 말았다. 대만 면적의 3분의 2 넓이인 국립공원은 남아공에서 가장 큰 도시인 요하네스버그에서 차로 6시간 떨어진 음푸말랑가주 외곽에 자리하고 있다. 음푸말랑가는 현지어로 '해가 뜨는 곳'이라는 뜻이다. 그러나 현재 어둠에 잠긴 코뿔소 전쟁은 해가 뜨는 땅을 피로 씻어내고 있다.

남아공 정부는 국립공원에 특수부대를 두고 헬리콥터를 파견해서 공중 순찰을 하고 있다. 그러나 밀렵꾼들은 코뿔소의 뿔을 자른 뒤 동쪽으로는 모잠비크, 북쪽으로는 짐바브웨로 도망치기 때문에 도저히 다 잡아들일 수가 없다. 국립공원의 국경선은 없는 거나 마찬가지다.

* 무리의 총 숫자, 숫자가 줄어드는 속도, 분산 정도, 지리적 분포 등을 근거로 절멸, 야생절멸, 위급, 위기, 취약, 준위협, 관심대상 혹은 최소관심, 정보부족, 미평가까지 총 9등급으로 나눈다.

"주둔하는 경찰과 군인이 점점 늘고 있지만 밀렵꾼들은 계속 침입하고 있습니다. 밀렵꾼이 어떻게 방어선을 뚫고 들어오는지는 저희도 몰라요. 밀렵꾼들만의 비결이 있는 거겠죠."

순찰대의 사기는 상당히 꺾여 있었다.

밀렵꾼은 총을 거의 쓰지 않는다. 순찰대의 이목을 피하느라 소리를 내지 않기 위해서다. 그들은 도끼로 코뿔소의 척추를 베어 마비시키고 쓰러트려서 코뿔소가 움직이지 못하는 사이에 뿔을 뽑아낸다. 도살당하고 뿔이 뽑히는 중에도 코뿔소의 의식은 여전히 살아 있다. 제 얼굴에서 가죽과 살까지 딸려 나가 커다란 구멍이 뚫리는 과정을 두 눈으로 지켜보며 고통을 고스란히 느낀다. 이런 극형을 겪고도 코뿔소의 숨은 보통 하루 정도 더 붙어 있다. 그다음 천천히, 고통스럽게 출혈로 죽어간다.

*

허가를 받아 합법적으로 코뿔소의 뿔을 채취할 때는 반드시 남아공 정부 관리와 국가공원 대표가 현장에 동석해서 감독한다.

수의사는 코뿔소에게 마취제와 안정제를 주사하고 표본을 채취해서 데이터베이스를 만든다. 톱으로 잘라낸 뿔은 전부 국립공원으로 넘겨져 안전한 곳에 보관된다. 뿔을 제거할 때는 신경과 혈관을 피해 맨 밑에서 8센티미터 되는 곳을 절단한다. 뿔을 자르는 과정을 합하면 15분이 채 걸리지 않고, 고통이나 상처도 남지 않는다. 물론 약물에 과민 반응을 보이는 코뿔소도 있으므로 이후의 경과를 자세히 지켜봐야 한다.

"불행한 일이지만 아이들을 살리려면 뿔을 제거하는 데 협조해야 해요."

지금 고아원뿐만 아니라 남아공의 수많은 보호소, 야생 동물원, 심지어 개인 양식장에서도 코뿔소를 살리기 위해 자발적으로 뿔을 제거하고 있다. 지구에 5천만 년이나 존재했던 이 고생물이 무더기로 멸종할 만한 속도로 사라지고 있기 때문이다. 남아공 환경부에서도 경고하기를 지금 사냥을 멈추지 않으면 빠르게는 2026년에 코뿔소가 멸종할 거라고 한다.

"코뿔소 뿔의 성분은 기본적으로 사람의 손톱이랑 똑같아요! 먹고 싶으면 본인들 손톱이나 발톱을 물어뜯으면 되잖아요!"

코뿔소 뿔을 먹는다는 이야기가 나오자 페트로넬은 가슴속에 가득한 분노를 토해냈다. 코뿔소 뿔은 인류의 모발이나 손톱과 마찬가지로 각질 단백질로 이루어져 있으며 재생도 가능하다. 페트로넬은 도저히 이해할 수 없다고 했다. 손톱과 성분이 똑같은 뿔이 도대체 뭐라고 인간을 악마로 만드는 것일까.

"코뿔소 뿔에는 의료적으로 영양가 있는 성분이 전혀 없어요. 그저 잘못된 미신일 뿐이에요. 슬프게도 인간은 이토록 이기적이고 자기중심적이에요. 순간의 이익과 잘못된 미신 때문에 아름다운 생물종을 마음대로 훼손시켜버리잖아요."

코뿔소 뿔로 만든 가루는 항암과 해독 작용을 하는 만병통치약이라고 잘못 알려져 있다. 얼마 전까지만 해도 베트남은 전 세계에서 가장 큰 코뿔소 뿔 소비 국가였고, 그다음이 중국이었다. 90년대에는 대만을 포함한 다수의 아시아 국가들이 코뿔소 뿔을 불법적으로 거래했지만, 지금은 코뿔소 보전을 위해 힘쓰고 있다. 이런 변화는 국제 사회에 긍정적으로 받아들여졌다.

코뿔소 뿔은 1977년에 일찌감치 국제 교역이 금지됐다. 2009년 남아공 정부는 한 발 더 나아가 국내에서의 코뿔소 매매 금지령을 내렸다. 그러나 남아공 법률에 따르면 코뿔소 뿔을 밀렵해도 형사 책임은 5년의 유기징역과 10만 랜드(한화 약 150만 원)에 해당하는 벌금이 부과될 뿐이다. 1킬로그램에 6천 5백 달러부터 시작하는 코뿔소 뿔에 비하면 아주 하찮은 금액이다. 순금이나 마약을 밀매하는 것보다 코뿔소 뿔이 더욱 돈이 되는 것이다. 국립공원의 순찰원은 사적으로 토로했다.

“돈을 좀 찔러줘서 공무원들을 매수하는 것쯤은 흔한 일이죠. 탐욕스러운 사람들이 많거든요. 줄만 있으면 아무것도 아니에요.”

게다가 일반적으로 밀렵 그룹은 거대하고 치밀한 국제 범죄 조직이다. 남아공의 공무원만으로는 사실상 대처하기 어렵다. 이는 절도가 아니라 전쟁이기 때문이다.

“처벌이 더욱 엄격해야 한다고 생각해요. 밀렵꾼도 더욱 큰 벌을 받아야 하고요. 그러려면 나라가 법을 더욱 엄격하게 제정해야죠. 하지만 가장 중요한 문제는 밀렵꾼이 아니에요. 구매자가 쓰는 게 문제죠. 만약 코뿔소 뿔을 쓰는 사람이 없다면 이걸 매매하고 교역하는 일도 없을 거예요.”

매매가 이루어지지 않는다면 죽이지도 않을 것이다. 페트로넬은 이것이야말로 밀렵을 방지하는 근본적인 해결책이라고 여겼다.

*

코뿔소의 임신 기간은 16개월에서 18개월에 이른다. 출산한 코뿔소 어미는 최소 2년간은 새끼를 데리고 다니면서 키우는데 이 기간에는 임신하지 않는다. 번식 속도는 상당히 느린 반면 밀렵 속도는 보전 활동가가 손을 쓰지 못할 정도로 빠르다. 도살을 피할 수 있는 유일한 생존 방법이 뿔을 자르는 거라면, 미래의 코뿔소 모습은 달라질지 모른다. 만약 그날이 온다면 인류는 과연 부끄럽지 않을 수 있을까?

갑옷을 두른 거대한 이 동물은 육지에 등장한 가장 큰 포유동물 중 하나였다. 3천 킬로그램에 달하는 코뿔소는 선사시대의 혼돈, 빙하기의 멸종, 인류 문명의 번성을 함께했다. 그러나 이번 세기에 이르러 더는 걸어 나가지 못하고 지구의 기억 속에 갇혀버릴지도 모른다.

만물은 본디 서로 의지하며 공생한다. 생물종 하나의 소실이 빚어내는 영향은 절대 일방적이지 않다. 생물종 하나가 멸종하면 나머지 생물종도 따라서 멸종하거나 피해를 본다.

"생태 시스템이 건전한 균형을 이루려면 코뿔소의 역할이 상당히 중요해요. 코뿔소는 관목과 야트막한 나무를 먹어서 짧게 만들어 주죠. 그럼 짧은 풀을 먹는 영양류도 이것들을 먹고 살 수 있어요."

페트로넬이 설명했다. 코뿔소는 정기적으로 나뭇잎을 '다듬는' 역할을 함으로써 다른 동물들이 생존하기에 적합한 환경을 제공했다.

코뿔소는 다른 종을 위해 우산을 들 수 있는 '우산종*'이라는 매우 중요한 역할을 맡고 있다. 다시 말해 우산을 잘 들고 있으면 우산 아래에 있는 생물종도 번식할 수 있다.

* 생물 보전을 위해 선정된 종으로서, 이 종이 보전되면 전체 군집 또는 생태계가 보전될 수 있다.

코뿔소에게 들이받혀서 탄생한 〈지구의 고아〉

남아공에서 대만으로 돌아온 뒤에도 잭이 나를 들이받던 그 순간은 끊임없이 내 머릿속을 맴돌았다.(물론 TV 프로그램 예고편에서 코뿔소가 방송국 진행자를 들이받는 장면이 한 시간마다 나왔기 때문이기도 하다.) 나는 혼자만의 생각에 빠져 확대 해석을 하기 시작했다. 새끼 코뿔소가 굳이 나를 들이받은 건 나를 통해 전하고 싶은 이야기가 있어서 아닐까? 코뿔소는 초원에 사는 동물이잖아. 원래는 어미와 함께 풀을 뜯으며 산책해야 하는데 어미는 밀렵꾼에게 잔인하게 도살당하고 뿔을 빼앗겼지. 새끼는 이 모든 광경을 두 눈으로 똑똑히 봤어……. 혹시 녀석은 이런 이야기를 세상에 널리 알려주기를 바란 것은 아닐까?

마음속에서 빅뱅이 터졌다. 동물을 위해 목소리를 내야 한다는 사명이 어깨에 얹힌 듯한 느낌이 들었다. 그래서 나는 오밤중에 이 세상에 존재할지도 모르는 다른 동물 고아원을 미친듯이 찾아봤다. 찾고 또 찾고, 생각하고 생각하다가 불현듯 마음이 움직였다.

'프로그램을 만들자!'

제목은 〈지구의 고아〉라고 해야겠다. 이 어미를 잃은 동물들은 의지할 데 없이 외로이 남겨져 지구의 고아가 되어버렸으니까.

*

처음에 '동물'을 주제로 한 프로그램을 제작하겠다고 했을 때, 격려해주는 사람보다 찬물을 끼얹는 사람이 훨씬 많았다. 수많은 사람이 호의를 갖고 충고했다. 내가 BBC나 내셔널 지오그래픽이나 디스커버리를 뛰어넘을 만한 프로그램을 만들 수 없을 테니까.

"뉴스 채널이 애니멀 플래닛*도 아니고."

"왜 외국에 있는 동물을 찍겠단 거야?"

---

* ANIMAL PLANET, 미국의 케이블 채널로 주로 동물 다큐멘터리를 방송한다.

게다가 제작 경비의 확보도 어려운 싸움이었다. 해외 촬영은 경비가 많이 든다. 비록 우리 팀원은 줄이고 줄여서 달랑 세 명(카메라맨 둘과 나)뿐이고, 허리띠를 꽉 졸라매고 절약을 거듭한다지만 기본 지출만 해도 엄청났다.

나는 혼자서 프로듀서, 진행자, 기획 집행, 촬영 보조 등을 떠맡았다. 사전 작업으로는 프로그램 기안, 촬영 내용 기획, 보전 활동가와 과학자 등 인터뷰 대상자 섭외, 비행기표 및 숙소 예약, 비자 수속, 현지 교통 수배까지 해야 했다. 출발한 이후에도 촬영 기간 내내 인터뷰와 진행, 통역, 소통을 담당했으며 장비 운반을 돕는 등의 잡무도 나 한 사람의 몫이었다.

출장 갈 때마다 들고 다니는 내 인터뷰 가방 무게는 15킬로그램을 거뜬히 넘었다. 추운 곳으로 갈수록 가방은 더 무거워졌다. 휴대용 배터리를 더 많이 챙겨야 했기 때문이다. 카메라맨이 앞에서 동물을 촬영하고 있으면 나는 그 뒤에서 7킬로그램짜리 삼각대 두 개를 짊어지고 카메라맨과 동물을 쫓아다녔다. 내가 짊어지고 다니는 장비 무게를 계산해보면 내 체중 절반을 훌쩍 넘기기 일쑤였다. 촬영을 마치고 귀국하면 후반 작업에 필요한 원고 작성 및 편집, 내레이션과 배경음악까지도 전적으로 내 몫이었다.

돈을 절약하느라 우리는 될 수 있는 한 동물 고아원 부근의 저렴한 민박에서 머물렀다. 촬영 지점까지 걸어서 갈 수 있는 곳이라면 어디든 환영이었다. 코스타리카에서는 카메라맨들을 데리고 현지인이 타는 버스에 타기도 했다. 하지만 여기서 절약하고 저기서 깎아도 동물을 찍는 데는 시간과 돈이 많이 들었다. 그래서 스폰서와 협찬을 찾는 일은 마지막까지 나를 괴롭혔다. 출발이 코앞이라 발등에 불이 떨어졌는데도 돈을 끌어모으느라 사방을 뛰어다닌 적도 여러 번이었다. 하지만 이런 시련들을 제외하고도 더 높은 문턱이 있었으니, 바로 시청률이었다.

나는 〈지구의 고아〉 말고도 EBC 방송국에서 〈대만의 1001가지 이야기〉라는 프로그램의 제작과 진행을 맡고 있다. 2009년부터 방송된 이 프로그램은 지방의 미식, 향토 식자재, 음식 문화를 주로 다루었다. 전통의 계승과 새로운 창조, 인생의 우여곡절, 경영 철학 등 심도 있는 내용을 쉽고 흥미진진하게 풀어나가는, '사람'을 기반으로 하는 음식 이야기였다. 음식이라는 주제는 시청자가 받아들이기 쉽고 이야깃거리로 삼기도 좋았으므로 7년 내내 시청률 1위를 차지하고 있었다. 이 프로그램은 뉴스 채널에서 본방송을, 경제 채널, 종합 채널, 아시아 채널, 미주 채널에서는 재방송을 했다. 판권을 산 케이블 채널도 많아서, 한번은 레슬링 채널에서 방송하는 걸 본 적도 있다.

고정 시청자가 생기고는 〈대만의 1001가지 이야기〉에 '숟가락 얹기' 꼼수를 써서 인기 없는 소재들을 방송하기 시작했다. 2013년부터는 외진 시골이나 촌락으로 달려갔다. 도시와 시골의 차이, 황혼 육아, 원주민 문화, 외딴 섬의 교육 문제, 농어임업, 마지막 화전민, 유목하는 추수꾼들, 조개 양식 종사자들, 철도로 편지를 배달하는 사람들, 대만의 중부 산지에서 짐꾼을 하며 사는 원주민 부족, 바위에 올라가 차를 수확하는 할머니, 세상 끝의 등대지기……. 나와 카메라맨들은 직접 운전대를 잡고 대만의 가장 멀고 외진 곳까지 들어가서 가장 약한 사람들을 보도했다. 몇 번을 하고 났더니 시청자도 시골 탐방 시리즈를 서서히 받아들였다. 덕분에 나도 점점 간이 커졌다. 2016년, 나는 겁도 없이 시골 탐방보다 더 인기가 없을 〈지구의 고아〉를 제작해서 방영했다.

연달아 방영되는 두 프로그램 중 전자는 음식을 찍은 거였고, 후자는 동물을 찍은 거였다. 당연히 동물은 음식을 영영 이길 수 없다. 삵, 흑곰, 북극곰의 시청률은 닭가슴살 튀김, 찐만두, 우육면의 시청률을 이길 수 없다. 생태 보전이라는 주제는 관심을 끌기 어려우니까. 〈지구의 고아〉의 최초 시청률은 모든 방송국 주요 책임자의 심장을 시험에 들게 했다.

하지만 난 집요하게 의지를 관철해 나갔다. 내가 찍는 프로그램이 세계적인 거대 방송국에서 만드는 프로그램을 능가하지 못할 것이라고 말한다면, 난 순순히 인정할 것이다. 그 유명한 넷플릭스 다큐멘터리 〈우리의 지구〉를 제작하는 데는 촬영팀만 6백 명이 동원되었으며 그 스케일도 전례 없이 컸다. 하지만 나는 잘 알고 있었다. 내게는 대만의 관점이 있었다. 나와 국내 시청자 사이에는 정서적 유대감이 있었다. 이는 해외 다큐멘터리가 대신할 수 없는 부분이다. 게다가 나는 코뿔소에게 들이받히지 않았던가.

제2장

코스타리카 나무늘보 고아원

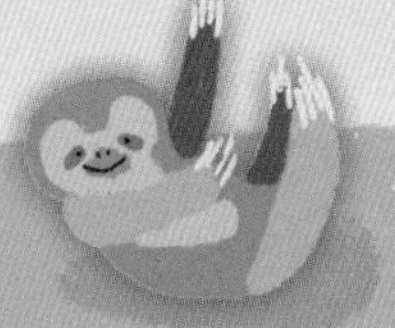

지구에서
가장 느린 고아원

"나무늘보 고아원도 있었구나!"

구글에서 나무늘보 고아원을 찾은 순간, 믿을 수가 없어서 크게 소리쳤다.

나무늘보라면 2014년 디즈니 애니메이션 〈주토피아〉에 나오는, 하도 느려서 거의 멈춘 것처럼 보였던 '플래시'잖아! 일부러 찾아보지 않았다면 부모를 잃은 나무늘보를 전문적으로 돌보는 고아원이 이 세상 어딘가에 존재한다는 사실을 아예 몰랐을 것이다.

나는 인터넷에서 눈물이 날 만큼 빈약한 정보를 긁어모아 중앙아메리카 코스타리카에 있는 고아원의 위치를 알아냈다. 코스타리카와 대만은 시차가 14시간이었으므로 연락은 한밤중에 이루어졌다. 그동안 나는 제대로 자지 못하면서 스카이프로 취재 일정을 잡고, 토론하고, 세부 사항을 확정했다. 고아원 원장 레슬리는 내 전화를 맨 처음 받았을 때 깜짝 놀라 의아해하며 거두절미하고 물었다.

"대만 방송국이 왜 나무늘보 다큐멘터리를 찍으려고 하죠?"

아시아 매스컴이 나무늘보 보호소를 촬영하러 간 적이 한 번도 없었던 탓이다. 나는 레슬리에게 우리의 방문 의도와 다큐멘터리 제작 의도를 설명하는 데에 꽤 많은 시간을 들였다. 여러 번 대화가 오가고 마침내 승낙이 떨어졌다.

"때마침 야생에 방사하려고 준비 중인 나무늘보가 몇 마리 있으니까 촬영하고 싶으면 서두르세요!"

이 장면을 놓칠까 봐 당장 비행기표와 민박(고아원 주변에는 진짜로 아무것도 없었다.)을 예약하고 비자를 신청했다.(코스타리카는 비자 면제였지만 미국에서 비행기를 갈아타려면 비자가 필요했다.) 나는 카메라맨 두 명과 촬영 장비 한 무더기, 어설픈 내 스페인어 실력만 믿고 2017년 3월 코스타리카 대장정을 떠났다.

*

코스타리카는 카리브해와 태평양 사이에 있는 중앙아메리카의 작은 나라다. 비록 국토 면적은 지구 육지 면적의 0.03퍼센트를 차지할 뿐이지만 독특한 신열대구* 기후로 전 세계의 4퍼센트나 되는 종을 점유하고 있는데 이는 생물 50만 종에 해당한다. 그리고 나무늘보의 주요 서식지는 바로 코스타리카의 열대우림이다.

내게 코스타리카는 낯설면서도 익숙한 곳이다. 아버지는 젊은 시절 트렁크 하나만 들고 머나먼 중앙아메리카의 여러 나라를 돌아다니며 사업을 하셨다. 집에 있는 왕부리새 인형은 아버지가 코스타리카에서 가져온 기념품이다. 비록 아버지는 살아계시지 않지만, 그 발자취를 따라 같은 땅을 밟게 됐다. 시공간을 뛰어넘어 아버지와 나의 영혼이 연결되는 듯한 경험은 미묘하면서도 가슴에 사무치는 감정을 불러일으켰다. 내가 하는 일을 통해 아버지를 더욱 잘 알게 된 듯한 느낌이 들었다.

우리는 중앙아메리카로 가기 위해 미국 로스앤젤레스 공항에서 환승해 코스타리카 수도 산호세로 향했다. 로스앤젤레스 공항에서의 환승은 악몽이었다. 입국 심사를 기다리는 줄은 끝

* 남아메리카와 멕시코의 남부, 중앙아메리카, 카리브 제도로 이루어진 생물 지리구.

이 보이지 않을 정도로 늘어서 있었다. 우리는 지친 몸을 이끌고 큰 시차에 저항하며 3시간이나 줄을 서서 입국심사대를 겨우 통과했다. 공항에서 일하는 사람은 다들 인상을 잔뜩 찡그리고 있었고, 말투도 무척 퉁명스러웠다. 사람을 앞으로 보낼 때도 신경질적으로 소리쳤다.

"가요! 가세요! 가라니까요!"

나도 진짜 가고 싶거든! 하지만 끝없이 뻗은 줄은 꿈쩍도 하지 않았다. 겨우겨우 입국심사를 통과해서 수화물을 찾고, 다시 출국심사를 받고 수화물을 부쳤다. 입국과 출국을 반복하느라 수명이 반으로 줄어든 기분이었다. 환승하는 데 4시간이면 충분할 줄 알았는데 어림도 없었다. 우리는 화장실조차 들르지 못한 채 게이트로 미친 듯이 달려가 아슬아슬하게 비행기에 탔다.

산호세에 도착해 비행기에서 차로 갈아탔다. 인터넷에 나온 고아원 주소를 찾아갔지만 반나절을 뱅글뱅글 돌아도 고아원의 대문을 찾을 수 없었다. 알고 보니 고아원은 어느 농장 안에 숨어 있었다! 길을 모르면 들어가는 것조차 어림없었던 것이다. 이렇게 긴 길을 더듬어, 드디어 지구에서 가장 느린 고아원에 도착했다.

*

"명심하세요. 여기서부터는 천천히 걸어야 해요."

레슬리는 유머러스했다. 그의 말이 옳았다. 고아원에 있는 건 지구에서 가장 느린 포유동물이니까. 나무늘보가 움직이는 속도는 인류보다 10배에서 15배나 느리다. 천천히. 참 좋은 말이지만 카메라맨들은 애를 먹어야 했다. 커다란 남자 둘이 나무 밑에 쪼그려 앉아 손발이 덜덜 떨리다 못해 저리도록 기다리고 있건만, 나무늘보는 움직일 기미조차 없었다. 설령 움직인다고 해도 너무 느려서 식별할 수도 없었다. 고작해야 두 발짝 거리의 높이조차도 10분 이상 소요될 때가 대부분이었다. 카메라맨들은 아예 바닥에 엎드려 느리게 포복 전진했다. 생태 촬영의 가장 기본기는 기다림이다. 살아 움직이는 생생한 화면은 전부 카메라맨의 인내심과 기다림의 산물이다. 속이 바싹바싹 타들어 가다 못해 피 땀 눈물을 흘려가며 기다리고 기다린 끝에 얻어낸 것이다. 하지만 동물에게는 타협의 여지가 없다. 리허설 따위도 없고, NG가 난다 해도 재촬영은 꿈도 꿀 수 없다. 기다리고 또 기다릴 수밖에.

"동작 하나 찍자고 이렇게 오래 기다려야 할 줄이야!"

카메라맨들은 울부짖었다. 나무늘보는 왜 이렇게 느릴까? 답은 의외로 간단했다. 편식쟁이라서. 나무늘보는 특수한 나뭇잎 몇 가지만 먹는다. 하필 그 나뭇잎은 영양이 부족하고 칼로리도 너무 적은 데다가 소화하기도 힘들다. 한 번 먹은 걸 완전히 소화하는 데 한 달이 걸리기도 한다. 그러니 나무늘보는 자기의 활동량을 줄여서 체력을 보존할 수밖에 없다. 느리게 느리게. 이건 그들이 생존하는 방법이다. 나무늘보가 하루에 소모하는 칼로리는 고작 140칼로리인데, 이 이상을 소모하면 목숨이 위험하다.

꼭 필요한 경우가 아니라면 나무늘보는 나무에서 떠나지 않는다. 나무에 오르기가 너무 힘들기 때문이다. 방어 능력도 없는 데다가 속도를 올릴 수도 없으니 위장에 의지해서 천적을 피할 수밖에 없다. 일단 몸을 감춰줄 나뭇잎이 적어지면 포식자에게 사냥할 절호의 찬스를 주는 셈이다. 나무늘보는 일주일에 단 한 번 나무에서 내려온다. 화장실에 가기 위해서다. 왜 목숨의 위험을 무릅쓰고 땅에 내려와서 배설하는 걸까? 깨끗한 걸 좋아해서? 더러운 게 싫다면 나무에 앉아 엉덩이를 바깥으로 내밀고 배설하면 되지 않을까? 이 문제는 과학자들도 여태껏 명확한 답을 찾지 못했다. '나무늘보는 몇천 년을 생존하면서도 왜 빠르게 진화하지 않고 여전히 느릿할까?'라는 문제의 답을 찾지 못한 것과 마찬가지다. 이 역시 과학자들을 곤혹스럽게 만드는 문제다. 공룡이나 매머드와 같은 다른 빠른 동물들은 천만 년이 지나는 사이에 먼저 죽고 진작 지구와 이별해버렸다.

"보세요. 모습이 무척 우아하죠. 움직이는 방식을 보면 태극권을 하는 것 같다니까요. 나무늘보들은 계속 미소를 짓고 있어요. 표정이 딱 하나뿐이거든요. 기본적으로 미소 짓는 걸 멈추지 못해요. 표정을 바꿀 수 있을 만큼 얼굴 근육이 발달하지 않았거든요. 그 말인즉 화가 나거나 슬플 때도 계속 웃는 거죠."

곱슬머리를 한 미국인 작업치료사* 미첼은 나무늘보의 표정이 늘 같은 이유를 자세히 설명해줬다. 화가 나고 슬퍼도 미소를 유지한다고? 나는 이 '도'를 닦는 듯한 동물에게 호감이 잔뜩 생겼다. 느리게 사는 법의 극치에 달한 정신이라. 나도 마음을 가라앉히는 법을 배워야겠다고 생각했다.

"하나, 둘, 셋, 넷, 다섯, 여섯, 일곱, 좋아. 잘했어."

"하나, 둘, 셋, 넷, 다섯, 여섯, 일곱, 그래. 오케이."

미첼은 늘 숫자를 세고 있었다. 고아원의 새끼 나무늘보는 매일 나무에 오르는데, 한 마리라도 빼먹을까 봐 여러 번 숫자를

* 의료기사의 하나로, 정신적으로 문제가 있거나 발달과정에서 장애를 입은 환자가 독립적으로 일상생활을 할 수 있도록 한다.

확인한 후에야 비로소 안심했다. 미첼처럼 고아원에서 나무늘보의 보모 역할을 맡은 자원봉사자는 대부분 세계 각지에서 온 생물학자, 동물학자, 수의사다. 미첼은 원래 동물학자인데 저번에 연구했던 동물은 표범이라고 털어놓았다. 지구에서 가장 빨리 달리는 동물과 가장 느리게 움직이는 동물이라니, 너무 기묘한 차이잖아! 어쩌다 마음이 바뀌었을까? 그는 장난스럽게 눈을 깜빡였다.

"이게 동물 연구의 가장 매력적인 부분이죠."

*

고아원 원장 레슬리는 전문적인 자원봉사자들에 비해 자기만 전문 지식이 없는 잉여 인력이라며 자조했다. 웃음소리가 명랑한 레슬리는 동물을 너무 사랑한 나머지 코스타리카로 이주해서 농장을 사들였다. 처음에는 왕부리새 구조 프로젝트에 참여할 생각이었으므로 농장 이름도 '왕부리새 구조 농장'이라고 지었다. 코스타리카에서는 수많은 왕부리새가 애완용으로 불법 판매되거나 사육된다. 조사관이 현장을 적발해 새를 몰수하면, 주인이 사라진 왕부리새는 레슬리의 농장으로 보내져 보살핌을 받는다. 가장 좋은 결과는 당연히 야생 방사지만 안타깝게도 야생 방사에 성공한 사례는 많지 않다. 수많은 야생동물이 오랫동안 인간의 손을 타는 바람에 야생에서의 생존 능력을 잃어버렸기 때문이다.

그러던 어느 날 태어난 지 고작 1주일 만에 어미를 잃은 새끼 나무늘보가 농장에 들어왔다. 미소를 멈추지 못하는 조막만 한 얼굴은 레슬리의 마음을 완전히 녹여버렸다. 그는 자신의 삶을 나무늘보를 지키는 데에 기꺼이 바치기로 했다. 왕부리새 구조 농장은 이제 나무늘보 고아원이 됐다. 동물 고아원을 유지하기는 무척 힘들다. 나무늘보의 보호, 직원의 월급, 동물 응급실의 운영만으로 매달 9백 30만 코스타리카콜론(한화 약 2천만 원) 가까이 들어가는데, 지출의 대부분은 기부금이나 교육 프로그램으로 충당하고 있다.

나무늘보가 고아원에 들어와 치료를 받게 되는 주요 원인은 세 가지다. 철조망에 잘못 들어가거나, 들개에게 공격을 받거나, 고압선에 감전되거나. 레슬리의 설명에 따르면 길을 건너는 속도가 너무 느려서 차에 치이기도 한단다. 코스타리카에서는 수많은 원시림이 헐리고 도시가 개발됐다. 그 바람에 나무늘보도 전대미문의 생존 문제에 직면했다. 서식지의 나무 한 그루가 더 베어지고, 도로가 하나 더 나고, 전깃줄이 하나 더 생기는 것만으로도 나무늘보의 목숨은 사지에 몰린다. 주변 환경의 변화가 너무 빠르다 보니 이를 따라잡지 못하는 동물들은 위험에 빠져 지구의 고아가 되고 말았다. 레슬리는 이 메시지를 전하고 싶어 한다. 인류만이 지구의 지배자가 되어선 안 된다고. 지구에는 공존해야 할 다른 생물들도 있다고. 만물은 이 행성에서 함께 살아가야 한다. 우리는 주인이 아니다.

다른 고생물들은 멸종해서 사라졌다. 반면 진화를 거부한 나무늘보는 가장 느린 걸음걸이로 생존해왔다. 인류가 좀 더 인내심을 발휘하고 나무늘보에게 공간을 내준다면 이 미소 띤 얼굴도 지구와 계속 연결돼 살아갈 수 있지 않을까?

새끼 나무늘보들의 합동 수업

"얘는 벨라, 얘는 모아나예요. 딱하게도 둘 다 고아고요."

미첼이 앞에 있는 새끼 나무늘보 둘을 소개했다. 그는 이상 행동을 보이는 새끼 세발가락나무늘보의 감독을 맡고 있었다.

"벨라는 철조망에 걸리자 사람들이 자기를 발견해줄 때까지 계속 울어댔어요. 지금 훈련을 받고 있는데 나중에는 야생 방사를 할 수 있을지도……."

그가 말을 끝내기도 전에 벨라가 갑자기 울부짖었다. 새된 목소리가 매우 날카로웠다.

"얘들이 엄청 빨리 자라요. 얘가 지금 남자애의 관심을 끌려고 하는 거예요. 미안하지만 지금은 안 돼. 너흰 아직 너무 어려.

그런 데 한눈팔지 말고 지금은 공부에 집중해야지."

"잔소리하는 게 아빠랑 똑같네요!"

미첼이 아빠 연기에 너무 몰입하는 바람에 나는 웃음을 터트렸다.

생후 10개월인 모아나는 고아원의 새 식구였다. 모아나는 자기가 나무늘보라는 사실을 자주 잊어버리곤 했다. 미첼은 매일 모아나에게 얼굴을 들이밀며 당부했다.

"모아나, 너는 나무늘보야. 알았지? 너는 나무에서 살아야 해. 그래, 나무 위에 있어야지 또 땅에 내려와서 뭐 하려고?"

모아나는 땅을 기어 다니기를 좋아했다. 이런 이상 행동은 스스로를 위험에 처하게 할 수 있거니와 천성을 거스르는 것이었으므로 교정이 필요했다.

"모아나, 도망치는 거야? 도망치긴 아직 이르지."

모아나가 다시 묵묵히 땅을 기는 모습을 보며 미첼은 어이가 없다가도 웃음을 참지 못했다.

나무늘보의 생활 습성은 전부 어미에게서 배운다. 어미는 젖을 끊기 전 6개월 동안 새끼를 품에 안고 다니는데, 길게는 1년까지 데리고 다니기도 한다. 하지만 나무늘보 고아에게는 배우고 모방할 대상이 없다. 훈련사의 훈련을 통해서만 생존 법칙을 배울 수 있다.

그 외에도 두발가락나무늘보와 세발가락나무늘보의 훈련 방식이 다르다. 두발가락나무늘보는 이름 그대로 앞발에 발톱이 두 개뿐이다. 두발가락나무늘보와 세발가락나무늘보의 외모 차이는 뚜렷한데, 두발가락나무늘보의 체형이 세발가락나무늘보보다 조금 더 크다. 두발가락나무늘보는 먹고 자고 이동하고 번식하는 순간을 포함해서 죽을 때까지 평생의 90퍼센트나 되는 시간을 거꾸로 매달려 있다. 이런 자세는 그들의 에너지를 소모하지 않도록 도와준다. 그렇다 보니 거꾸로 매달리는 법도 훈련 과정에 들어가 있다. 자원봉사자는 밧줄에 해먹을 달아서 나뭇가지가 바람에 흔들리는 상황과 비슷하게 연출한다. 먹이는 빨래건조대에 달아 놓는데, 이는 새끼 나무늘보가 거꾸로 매달려서 먹이를 먹는 데 익숙해지게 하려는 것이다.

*

고아원에는 집중 훈련을 받는 새끼 나무늘보 말고도 24시간 밀착 돌봄이 필요한 더 어린 나무늘보가 있다. 보모들은 이 새끼 나무늘보들에게 데운 양젖을 4시간마다 먹여야 한다. 너무 빨리 먹으면 사레의 위험이 있으므로 주사기로 한 모금씩 먹여준다.

도리는 이렇게 정성껏 먹여 가며 키운 아이다. 발견 당시 어미는 철조망에 걸려 죽은 상태였고, 도리는 어미의 품에 꼭 안겨 있었다. 이제 도리는 4개월이 됐으니 자원봉사자가 잔디밭으로 데리고 나가서 어떻게 배설하는지를 가르쳐줘야 한다. 나무늘보는 배설하기 전과 후의 체중 차이가 30퍼센트나 된다. 배설을 완전히 마쳤는지를 확인하기 위한 체중 측정도 늘 하는 일이다. 또 오른쪽 눈을 실명한 데스티니도 있다. 어미는 고압선에 감전돼 사망했고, 데스티니도 땅으로 추락하면서 얼굴과 눈을 다쳤다. 고아원에서는 데스티니의 시력이 나빠진 건 걱정하지 않았다. 나무늘보의 시력과 청력은 원래도 썩 좋지 않기 때문이다. 데스티니의 가장 중요한 과제는 시각을 대신해 후각과 촉각을 예민하게 발달시키는 것이다.

고아원에서는 다친 나무늘보를 구조하고 돌보는 것뿐만 아니라 사지가 절단된 나무늘보의 재활을 돕기도 한다. 고압선에 감전되어 왼쪽 앞발을 절단한 진저는 매일 규칙적으로 운동해야 한다.

"세 발로는 나무에 오르거나 땅에 내려오기가 힘들죠. 다리의 힘을 더 길러줘야 하고, 지면을 기어 다니는 능력도 훈련해야만 나무 사이를 이동할 수 있어요."

수의사 재닛은 진저의 재활을 담당하고 있다. 진저가 몸을 뒤뚱거리며 힘겹게 기어가는 모습을 보고 있으려니 코끝이 시큰했다. 동작이 썩 자연스럽지는 않았지만 재닛은 이만한 성과에도 크게 만족했다. 처음 진저가 수술대에 올랐을 때는 목숨을 잃을 뻔했더랬다.

"우리가 진저의 발을 절단했을 때 갑자기 심장박동이 멈추고 호흡도 정지했죠. 우리는 심폐소생술을 시작하고 산소를 공급했어요. 온갖 수단을 동원해서야 호흡이 되살아났어요."

고아원에서 진저처럼 사지 절단 수술을 받은 나무늘보는 여덟 마리였지만 살아남은 건 고작 세 마리뿐이다. 생존자 셋은 강렬한 생존 의지를 보이며 서로에게 입 맞추고 응원을 멈추지 않는다고 했다.

진저의 재활 치료가 끝나기 전 어느 날이었다. 트럭 한 대가 고아원으로 달려 들어오더니 급정지하며 새벽의 고요를 깨트렸다. 두발가락나무늘보 한 마리가 고압 전신주에 걸린 채 사흘 넘게 버텼는데 지금도 숨이 붙어 있다고 했다.

"아직 숨을 쉬고 있어요. 도와줘야 해요!"

레슬리는 다친 나무늘보를 단숨에 안아 올렸다.

"레슬리, 물릴 수도 있어요!"

레슬리의 남편이 서둘러 제지했다. 그는 아내의 헌신적인 성미를 잘 알았다.

"괜찮아요. 얼른 문 열어요! 여기가 고압선에 감전된 부위일 거예요!"

수의사 재닛이 진저를 내려놓고 달려와 곧 숨이 넘어갈 것만 같은 나무늘보를 수술대 위에 올렸다.

"나무늘보가 고압선에 화상을 입으면 뼈에서 칼슘이 빠져나가기 시작해요. 칼슘이 부족해지면 간질 발작을 일으킬 수 있으니까 칼슘을 최대한 보충해줘야 해요. 칼슘 성분을 넣은 액체를 투여해야겠어요."

한바탕 긴급 구조 활동이 이루어졌다. 재닛은 나무늘보에게 영양 주사를 놓았고, 전기담요를 몇 겹으로 덮어 보온했다. 할 수 있는 건 전부 했다. 이제 기다리는 일만 남았다. 고아원에는 매달 평균 두 마리의 나무늘보가 고압선에 감전돼 응급 치료를 받으러 온다. 나는 눈앞에서 벌어진 모든 일을 차마 믿을 수가 없었다.

"반응이 조금씩 나타나기 시작했어요. 심박수도 서서히 안정되고 있고요."

밤이 깊은데도 레슬리는 침상 옆을 떠나려 하지 않았다.

"발을 살릴 수 있으면 좋겠네요."

나는 지친 레슬리의 얼굴을 응시했다. 무언가 말하고 싶었지만 목이 메어 겨우 이 말만 짜냈을 뿐이다.

"그럴 거예요. 이 애는 용감하잖아요."

"잠들었네요. 좀 더 쉬게 놔두죠. 감전되면 며칠은 체내를 관찰해야 해요. 내상이나 내출혈이 생기는 경우도 많거든요."

레슬리는 우리도 이만 돌아가서 쉬자고 했다.

"당신의 원동력은 뭔가요? 오랜 세월 이렇게 힘든 싸움을 하느라 좌절한 적은 없나요?"

나는 이 지친 여인에게 질문하지 않을 수가 없었다.

"확실히 그런 적도 있긴 하죠."

레슬리는 심호흡했다.

"하지만 이 어린 생명들은 숲으로 돌아가야 해요. 이 아이들이 성공적으로 야생에 돌아가는 게 저의 가장 큰 원동력이에요."

내게는 원동력이라기보다는 사명처럼 느껴졌다. 그래서 보답도 바라지 않고 후회도 하지 않는 것이리라. 우리도 인생을 살아가면서 가족이나 배우자, 친구에게는 보답을 바라지 않으면서 희생하지 않던가? 나무늘보는 레슬리의 가족이자 배우자이자 친구였다.

유감스럽게도 이 감전된 나무늘보는 결국 살아나지 못했다. 상태는 안정적이었지만 내출혈이 너무 심했는지 다음 날 밤이 되자 심장이 갑자기 멎었다.

"여전히 노력해야겠네요. 계속해야죠!"

레슬리는 억지로 미소를 지었지만, 나는 그를 마주볼 용기가 나지 않았다.

*

이날은 나무늘보 고아원에서 무척 중요한 날이었다. 두발가락나무늘보 티나가 야생으로 돌아가기로 한 날이 다가왔다. 5개월 전, 티나는 오른쪽 앞발을 개에게 물리는 바람에 뼈가 부러졌다. 수의사 재닛은 티나에게 철심을 박았고, 5개월의 재활 치료를 거친 뒤 전신 엑스레이를 찍었다. 건강 상태는 매우 양호했다. 티나는 마침내 집으로 돌아갈 수 있게 됐다. 티나는 고아원이 10년 동안 야생 방사한 23번째 나무늘보였다. 우리는 고아원에서 차로 4시간 걸리는 외진 숲으로 갔다.

레슬리는 나뭇잎이 풍성한 열대 아몬드 나무를 골랐다. 우리는 이동장을 열고 티나가 나무에 오르도록 재촉했다. 고향과 가까워지면 도리어 두려운 마음이 생긴다는데, 티나도 그런 걸까. 조금 불안한 듯 망설이면서 한참을 움직이지 않으려고 했다.

"티나야, 가. 넌 할 수 있어. 가야지, 아가야. 안녕!"

레슬리의 눈자위에 눈물이 글썽했다. 그는 자기가 원래 눈물이 많다며, 나무늘보를 야생 방사할 때마다 눈물바람이라고 웃으면서 말했다.

"꼭 제 아이를 보내는 것 같거든요."

나는 레슬리의 심정을 완전히 이해할 수 있었다. 그동안 함께 지내면서 레슬리가 고아원에 수용한 모든 나무늘보를 자기 자식처럼 아끼는 모습을 지켜봤던 것이다. 레슬리와 남편은 아이를 낳지 않고, 지구의 고아를 돌보는 데 전력을 다하고 있었다.

"얘들이 바로 제 아이예요."

부부는 돈을 모아 땅을 샀다. 더 많은 나무늘보 서식지가 도시의 확장 위협에서 벗어나기를 바라서다. 그들은 임지 10헥타르(약 3만 평)를 사들여서 원래의 모습을 그대로 유지하고 있다.

"이건 나무늘보들에게 필요한 거예요. 나무늘보에게는 땅이 필요하죠. 전선도, 차도 필요 없어요. 오로지 숲이 필요하죠."

곧 티나의 털 색깔이 초록색으로 변했다. 야생 나무늘보의 털 색깔은 거의 초록색을 띤다. 이 색깔은 나무늘보 몸에 있는 녹조류에서 온 것이다. 나무늘보의 털에는 녹조류뿐만 아니라 이끼도 붙어 있고, 나무늘보 나방도 기생하고 있다. 나방이 죽고 분해되면서 생산된 양분은 녹조류가 대량으로 증식하도록 촉진한다. 이는 나무늘보에게 가장 훌륭한 보호색을 만들어 줄 수 있다. 긴급 상황에서는 나무늘보가 허기를 때울 수 있는 '도시락'이 되기도 한다. 티나가 초록색 옷을 걸치고 나면 레슬리조차도 티나를 알아보지 못할 것이다. 그래서 앞으로 2년 동안은 고아원의 보전 활동가가 티나의 목에 단 추적기에서 나오는 신호를 따라 그의 행적을 기록할 것이다. 이를 통해 숲으로 돌아간 나무늘보의 적응 상황과 서식지의 사용 범위를 알 수 있다. 나무늘보 고아원이 야생 방사한 나무늘보를 추적할 수 있었던 것은 나무늘보 연구센터의 지원 덕분이었다.

야생 방사한 나무늘보의 생존 도전

나무늘보 연구센터는 '센터[중심지]'라는 이름과 달리 극히 외진 곳에 있다. 고아원에서 출발해 차로 7시간 넘게 달리고, 악어 몇 천 마리가 들끓는 악어 다리를 건넌 다음에야 숲속에 숨어 있는 센터 같지 않은 센터를 찾아냈다.

나무늘보 연구센터는 비영리 기구인지라 경비에 한도가 있어 모든 걸 절약해야 했다. 실험실은 컨테이너를 개조해서 만들었고, 숙소는 텐트를 쳐서 썼다. 또한 이동 주방, 이동 화장실, 이동 욕실을 이용했다. 마침 우리가 촬영하는 기간 동안 영국에서 온 과학자들도 있었는데 텐트에서 1년 반 이상을 살았다고 한다.

"최소한 화장실을 만들 필요는 없잖아요."

과학자들은 참 낙관적이었다.

"캠프에서는 대부분 땅에 구덩이 하나만 덜렁 파서 쓰거든요."

센터에서 연구하다 보면 먹고 자는 것만 불편한 게 아니다. 나무늘보의 행동 습성을 기록하는 일은 인내심과의 싸움이었다. 거의 이동하지 않고 수면 시간이 15시간에서 20시간이나 되는 느릿한 동물에게는 시간과 인내심이 곱절로 필요했다. 그래야 약간의 정보를 얻을 수 있었다.

"우리는 분마다 기록해야 해요. 1분마다요!"

연구원들은 그렇게 강조하면서 노트를 들고 끊임없이 기록했다.

"나무에 오르기, 휴식, 나무에 오르기, 배설……. 나무에서 내려와서 볼일 보는 데는 고작 2분을 쓰고요. 도로 올라가요."

모든 동작이 무척 중요해서 놓칠 수가 없다고 했다.

두발가락나무늘보를 관찰하는 일은 완전히 다른 생체시계에 도전하는 일이기도 했다. 두발가락나무늘보는 야행성 동물이라서 스태프들은 교대로 밤을 새워야 했고, 지나치게 밝은 빛이 방해되지 않도록 헤드 랜턴만 낄 수 있었다.

"땅바닥에 앉아서 밤새 꼬박 지켜보는 건가요?"

나는 쓸데없는 질문을 했다.

"네. 나무늘보의 행동을 자세히 기록해야 하거든요. 다른 나무늘보와 얼마나 가까운 거리에 있는지, 어떤 종의 나무에 서식하는지까지 포함해서요."

그 빼곡한 기록은 보기만 해도 졸음이 밀려왔다.

나무늘보 연구센터의 책임자 샘은 영장류를 전공한 미국의 동물학자다. 샘은 혈혈단신으로 코스타리카에 왔다. 원래 샘의 인생계획에는 나무늘보 보전 사업에 뛰어든다는 항목이 없었다. 그러나 2007년에 샘의 약혼자가 교통사고로 사망했고 곧이어 아버지도 암으로 세상을 떠났다. 고작 1년 사이에 인생에서 가장 사랑하던 소중한 남자 둘을 잃자 샘의 세상은 무너져버렸다. 그는 찢어진 가슴을 안고 도망치다시피 먼 중앙아메리카로 왔다. 그리고 코스타리카의 열대우림 보전 계획에 참여했고, 다친 나무늘보의 구조와 치료를 책임지는 업무에 파견됐다. 예전에 샘은 제대로 눈을 붙이지 못하는 날이 많았다. 폐렴에 걸려서 산소마스크를 쓴 새끼 나무늘보를 돌보고, 재활 훈련 중인 나무늘보를 업고 물에 들어가 수영 능력을 훈련하느라 바빴다. 현지 사람들은 샘을 '나무늘보 엄마'라고 불렀다. 그러는 사이에 샘은 새끼 나무늘보의 미소를 보며 산산조각 난 영혼을 치유했다.

동물이 가진 치유의 힘은 대자연의 신비한 은혜다. 2014년 샘은 나무늘보 연구센터를 설립했다. 샘의 말에 따르면 코스타리카 나무늘보 보전 활동은 대부분 구조와 치료 작업에 집중되며 야생 방사는 나무늘보들을 풀어주는 것에 그친다고 한다.

"그다음 손뼉을 치면서 딱 한 마디만 해요. '행운을 빌어!'"

하지만 샘은 행운을 빌어주는 것만으로는 만족할 수 없었다. 그래서 팀을 이끌고 야생 방사 과정과 야생 방사 이후의 적응 상황을 깊이 연구했다.

"이런 연구가 진행된 생물종은 얼마 안 돼요. 나무늘보는 말할 것도 없고요! 이것도 우리가 이 일을 계속하려는 이유죠. 야생 방사와 그 이후의 상황을 연구함으로써 더욱 완벽한 나무늘보 보전 계획을 찾아낼 수 있기를 바라요."

우리가 오전 촬영을 마치고 민박으로 돌아갔을 때 샘에게서 다급히 연락이 왔다. 연구팀이 며칠 내내 추적 관찰 중이던 아리엘이 천천히 나무에서 내려오고 있단다. 연구원들은 이 기회를 놓치지 않고 아리엘을 실험실로 데려가 건강 상태를 검사했다. 우리도 촬영 장비를 들고 센터로 후다닥 되돌아갔다.

"아리엘의 기분이 썩 좋지 않네요. 최대한 서둘러야 해요."

샘은 줄자를 갖고 키, 머리둘레, 발톱 길이를 신속하게 측정하기 시작했다.

"아가씨, 발톱이 더 자랐네!"

아리엘은 느릿하게 팔을 들어 올려 측정을 막으려고 했다. 다른 조는 재빨리 검체를 채취해 기생충을 골라냈다. 데이터를 수집하자마자 샘은 신속하게 아리엘을 집으로 돌려보냈다.

"착하지, 다 됐어! 이젠 가도 돼!"

아리엘은 느릿느릿하게 나무의 윗쪽을 향해 올라갔다.

"다들 해산해요. 아리엘이 다 올라가기를 기다리다가는 해가 저물 거예요."

샘이 손을 휘저으며 해산하라고 했다. 다행히 우리는 근처에서 숙박하고 있었으므로 이 장면을 놓치지 않을 수 있었다.

*

동물은 사람을 기다려주는 법이 없다. 오로지 사람이 동물을 기다릴 뿐이다. 게다가 동물을 촬영하는 상황은 대부분 돌발적이다. 일단 한 번 놓친 장면은 다시 오지 않는다. 땅을 치며 후회해도 어쩔 수 없다. 그래서 나는 촬영지에서 최대한 가까운 숙소를 수배하고 촬영팀을 이렇게 달랬다.

"숙소 환경이 얼마나 끔찍하든지 간에 잠만 잘 수 있으면 됐지! 어차피 몇 시간 자지도 못하고 나갈 게 뻔하잖아."

참 다행스럽게도 나의 두 동료 이쉰과 멍탕은 요 몇 년 동안 나를 따라 지구를 돌아다니느라 온갖 고생을 했지만 불평하는 법이 없었다. 우리 셋의 이념은 일치했다. '촬영이 가장 중요하다!'

그러나 이번 코스타리카의 숙소는 우리 인내심의 한계를 시험하게 했다. 나무늘보 연구센터의 맞은편 민박에는 엘리베이터가 없고 나선형 계단이 굽이굽이 뻗어 있었다. 그 바람에 비싼 촬영 장비를 짊어진 채 매일 오르락내리락해야 했다. 더욱 끔찍한 사실은 방에 에어컨이 없다는 것이다! 40여 도가 넘는 고온인데 에어컨조차 없으니 방 안은 화덕이나 다름없었다. 방바닥에 앉으면 온몸이 자글자글 지져지는 것만 같았다.

화장실은 또 어떠한가. 거울도 드라이기도 없었다. 나는 민박 주인장에게 거울과 드라이기를 빌릴 수 있는지 물었다. 그는 눈을 휘둥그레 뜨더니 벌컥 성을 냈다.

"드라이기는 왜 찾아요! 어차피 머리는 금방 마를 텐데!"

나는 프로그램 진행자라서 촬영 전에 화장도 해야 하고 머리도 정돈해야 한다고 기가 팍 죽어서 설명했다. 그는 내 말을 듣자마자 숙소 예약 사이트에 전화해서 나를 '신고'했다. 내가 완전 진상이라며 요구 사항이 '너무 지나치다'나……. 주인장에게 쫓겨나는 건 면해야 했으므로 나는 입을 다물었다. 거울이 없으면 없는 거지, 어차피 드라이기가 없는 게 이번이 처음도 아닌데, 뭐. 결국 진행자는 민낯에 산발인 채로 등장했지만 시청자들도 그러려니 했다. 주인공은 진행자가 아니라 동물이니까.

우리는 매일 아침 고난의 행군이라도 하듯 장비를 짊어지고 연구센터까지 걸어가 촬영했다. 날씨가 어찌나 더운지 문을 나서기만 해도 온몸에서 땀이 비 오듯 쏟아졌고, 옷을 쥐어짜면 물이 쭉 나올 정도였다. 걸어가는 내내 생각했다. '지옥이 이렇게 뜨겁겠지!' 하지만 이 기록은 곧 깨지고 말았다. 이후 방문한 남아메리카 브라질의 판타나우 습지는 코스타리카 우림보다 훨씬 더웠다! 평균 기온이 46도였고 한낮에는 48도까지 올라갔다. 우리는 가림막 하나 없는 조각배를 타고 습지 유역을 가로질렀다. 매일 12시간 넘게 뙤약볕을 맞으며 재규어를 쫓아다니느라 말파리의 포위 공격도 견뎌야 했다. 말파리에게 쏘이면 벌에 쏘인 것처럼 화끈화끈 아팠다. 코스타리카 우림이 지옥인 줄 알았더니 진짜 지옥이 여기에 있었구나.

4월인데도 코스타리카의 한낮에 내리쬐는 햇볕은 너무 따가

웠다. 과학자들도 이 시간에는 텐트로 돌아가서 휴식을 취했다. 우리도 연구센터에서 민박으로 되돌아가 냉수를 뒤집어써서 열기를 쫓거나, 길가의 작은 슈퍼에서 통조림이나 파스타나 과일을 대충 사 먹었다. 날씨가 너무 덥다 보니 입맛도 싹 달아나 코스타리카에 있던 열흘 동안 각자의 몸무게는 3킬로그램씩 빠지고 말았다. 그래도 우리는 제법 잘 버텨냈다. 숙소가 바로 맞은편에 있었으므로 낮이든 밤이든 무슨 사건이 터지기만 하면, 예컨대 나무늘보를 발견하거나 다친 나무늘보를 구조하기만 하면 우리는 눈썹을 휘날리며 달려가서 가장 먼저 도착했다. 우리의 전투력에 모두가 깜짝 놀랄 정도였다.

"여러분은 나무늘보와 함께 중도 시설에서 자야겠어요. 그러면 이렇게 왔다 갔다 할 필요가 없을 텐데요."

샘이 농담했다.

*

샘은 몇 년 동안 자금을 모아 야생 방사를 위한 중도 시설을 지었다. 중도 시설이란, 야생으로 돌려보낼 준비 중인 나무늘보가 자유롭게 출입할 수 있는 임시 안식처다. 임시 안식처는 문을 닫지도, 자물쇠를 채우지도 않는다. 나무늘보가 스스로 더는 돌아오지 않을 때까지 이곳을 마음대로 드나들 수 있는 것이다. 연구 스태프들은 나무늘보가 밖에서 먹이를 찾기 어려울 때 배를 곯는 일이 없도록 먹이도 준비해 뒀다. 단계적으로 이루어지는 야생 방사 방식은 어릴 적부터 인류에게 돌봄을 받은 나무늘보 고아가 자연에 적응하고 그에 맞추어 변화할 때까지의 완충 공간을 만들어 준다. 나무늘보 고아원에서도 이 순차적이고 점진적인 야생 방사 모델을 적용할 예정이었다.

"나무늘보는 국제자연보전연맹의 적색목록*에 '위기' 등급으로 실린 동물이지만 실제로는 위험에 처해 있어요."

샘은 중요한 메시지를 전했다. 현존하는 나무늘보 6종 중에서 갈기세발가락나무늘보는 취약 등급에 올라가 있고, 피그미세발가락나무늘보는 극도의 위기에 처해 있다.

"모든 게 너무 늦어버릴 때까지 가만히 있을 수는 없어요! 나무늘보는 무척 연약하거든요. 나무늘보는 너무 많은 위험에 직면해 있고, 인류로부터 치명적인 위협을 받고 있어요. 특히 인류가 서식지에 침입할 때, 나무늘보는 동작이 워낙 느리니까 뛰어서 도망칠 수도 없잖아요. 단순히 가지치기만 해도 나무 사이를

* 국제자연보전연맹은 1964년부터 멸종위기종 적색목록을 작성했다. 9가지 등급으로 나뉘는 이 목록은 동식물의 위험 현황을 알려주는 가장 전면적이고 지표적인 정보가 된다.

연결해주는 길이 끊기는 셈이라 나무늘보는 돌아갈 수 없어져요. 돌아가려면 목숨 걸고 땅을 기어야 하죠. 원숭이들처럼 펄쩍 뛰어서 돌아갈 수가 없으니까요. 이런 사소한 일들이 나무늘보에게는 어마어마한 영향을 끼쳐요. 삼림을 벌채해서 길을 내고 집을 짓고 전선을 설치하는 경우를 생각해보세요. 전선에는 보호 장치가 없어요. 나무늘보는 나무 사이를 이동해야 하는데 전선을 보고 새로 돋아난 나뭇가지라고 착각해버리거든요. 이걸 붙잡으면 바로 감전되는 거죠."

이 이야기는 무겁고 의미심장했다. 샘도 우리의 프로그램을 통해 이런 일들이 널리 알려지기를 바랐다. 나무늘보의 해맑은 모습은 저항하기 힘들 정도로 귀엽다. 중남미의 수많은 공원, 동물원, 심지어 노점에서도 관광객이 나무늘보를 안고 사진을 찍을 수 있다. 하지만 나무늘보는 쉽게 긴장하는 체질이고, 일단 긴장하면 심장 박동이 빨라져서 목숨이 위험해진다. 그렇다 보니 사진 촬영에 도구로 쓰이는 나무늘보의 사망률은 상당히 높다. 그러나 나무늘보 몇 마리를 잃는다고 한들 상인들이 대수롭게 여기겠는가. 숲에 들어가서 몇 마리 더 잡아오면 그만인데. 환경활동가의 눈에는 가슴 아픈 장면이지만, 법령의 미비로 인해 어쩔 수가 없다.

레슬리 역시 우리가 고아원에서 촬영하는 동안 나무늘보를 건드리지 말고 거리를 유지하라고 주의를 줬다. 고아원에서 수용하는 나무늘보 대부분의 최종 목표는 야생으로 돌아가는 것이다. 레슬리는 나무늘보가 인류의 냄새에 너무 익숙해지는 것을 원치 않았다. 그래서 나무늘보를 촬영하는 동안 나무늘보를 만질 수도, 껴안을 수도 없었다. 몇몇 사람들은 내게 아쉽지 않았냐고 물었다. 사실 진짜로 아쉬웠던 일은 무심코 한 행동이 야생동물을 다치게 했는데도 자각하지 못했다는 것이다. 그동안 우리 팀은 오대양 육대주, 남극, 북극까지 가서 야생동물 다큐멘터리를 찍었다. 그 과정에서 과학자와 환경활동가가 일러준 규정을 엄격하게 준수하고, 우리도 자발적으로 가장 엄격한 기준에 맞춰 행동했다. 동물을 방해하지도 연출하지도 않았으며, 극적인 효과를 얻는답시고 원칙을 위반하는 일은 절대로 하지 않았다.

*

코스타리카를 떠나기 전, 나무늘보 고아원 원장 레슬리가 준 선물을 보자마자 나는 눈물을 쏟고 말았다. 왕부리새 인형이었다. 언젠가 잡담을 하던 중 레슬리에게 아버지가 코스타리카에서 가져온 왕부리새 인형 이야기를 한 적이 있었다. 떠나기 전에 레슬리는 나를 꼭 안아줬다.

"이제 대만 집에 있는 왕부리새한테도 친구가 생기겠죠. 더는 외롭지 않을 거예요!"

순간 눈자위가 뜨거워졌다. 대만에서 1만 5천 킬로미터나 떨어진 시차가 14시간이나 되는 지옥을 연상케 하는 더운 나라에서, 마치 오래 알고 지낸 듯한 어느 미국 여인이 내 마음속 깊은 곳에 숨겨진 아버지에 대한 그리움을 따스하게 위로해줄 줄이야. 나무늘보 고아원을 방문한 지도 3년이나 지났지만 레슬리와는 여전히 연락을 유지하며 지낸다. 아무리 멀리 떨어져 있다 해도 우정은 변치 않으니까.

제3장

러시아 불곰 고아원

테디 베어 고아원

나무늘보 고아원에 있을 때 레슬리는 내게 또 다른 동물 고아원이 있다는 사실을 알려줬다. 러시아의 흰 눈으로 뒤덮인 삼림 깊은 곳에 불곰 고아원이 있는데, 내가 가서 취재할 만한 것들이 있을 거란다. 그리하여 40도가 넘는 고온의 열대우림과 작별하자마자 바로 다음 목적지는 영하 30도까지 내려가는 얼어붙은 산림이 됐다. 두 곳의 온도 차는 무려 70도. 다행히 카메라맨들은 슬퍼하기는커녕 서로 놀리기 바빴다. 철면피라야만 더위와 추위에 피부가 쳐졌다 당겨졌다 해도 버텨낼 수 있을 거라나. 의기투합한 동료들이 있다는 사실은 이 프로그램을 계속 운영할 수 있는 가장 큰 원동력이었다.

2018년 2월, 우리 셋은 19시간을 비행해 모스크바 국제공항에 도착했다. 러시아가 외국 매스컴에게는 호의적이지 않고, 여러 제한을 둔다는 이야기는 진작에 들어 알고 있었다. BBC팀이 군대와 경찰에게 계속 미행당하고 프로듀서는 인터뷰실로 인계돼 조사 받는 것을 보기도 했었다……. 아무리 마음의 준비를 단단히 했다지만, 실제로 내가 당하고 보니 하마터면 이성을 잃을 뻔했다. 입국심사대 앞에 서자 군복을 반듯하게 갖춰 입고 머리를 바싹 깎은 출입국심사관이 출입국 스탬프가 잔뜩 찍힌 화려한 내 여권을 자세히 살펴봤다. 그러고는 고개를 들어 나를 쓱 훑어보더니 옆 부스의 심사관에게 뭐라고 말했다. 나는 유럽어 계통의 언어라면 대충 알아들을 수 있었고, 설사 알아듣지 못하더라도 조금이나마 짐작할 수 있었다. 하지만 러시아어만큼은 진짜로 속수무책이었다. 심사관이 말하면서 나를 손가락질하는 것을 보자 상황이 심상치 않음을 어렴풋이 알아챌 수 있었다. 아니나 다를까. 우리 세 사람은 여권을 모조리 빼앗기고 말았다.

나는 초조해져 심사관에게 따져 물었다.

"우리 비자에 무슨 문제라도 있나요? 왜 우리 여권을 가져가는 거죠?"

심사관은 무서운 표정을 지으며 그저 앉아 있으라고만 했다.

나는 마음속으로 불안하게 계산기를 두드려 봤다. 만일 우리가 체포당하면, 시베리아로 끌려가서(영화에서는 전부 그랬다.) 가족한테 연락도 못 하게 하면 어떡하지? 우리는 심사대 근처에 있는 벤치에 앉아서 속절없이 기다렸다. 그러나 40, 50분이 지나도록 현장에서는 아무런 기척이 없었다. 나는 수화물 수취대에서 빙글빙글 돌고 있을 짐들이 걱정되기 시작했다. 장비 캐리어, 트렁크, 삼각대 캐리어……. 누가 훔쳐가기라도 하면 어떡하지? 나는 슬그머니 휴대폰을 꺼내 외교부 긴급 연락처에 전화할 준비를 했다. 그때 심사관이 갑자기 달려오더니 여권을 돌려줬다.

"가도 됩니다!"

그는 우리를 왜 잡아 뒀는지 이유를 설명해주기는커녕 고개조차 돌리지 않고 그냥 가버렸다. 하지만 우리는 단 1분도 지체할 수 없었다. 수화물 수취대로 날 듯이 달려가서 수화물 숫자를 확인했다. 다행히 짐은 하나도 빠짐없이 전부 있었다. 예약해둔 픽업 서비스 기사도 먼저 가버리지 않고 기다리고 있었다. 나는 겨우 한시름 놓았다. 기사가 가버렸더라면 길거리에서 차를 잡아야 했을 텐데 도저히 그럴 엄두는 나지 않았던 것이다. 게다가 우리의 목적지는 여기서 차로 7시간이나 걸리는 곳이었다.

*

불곰 고아원은 수도 모스크바에서 450킬로미터 떨어진 러시아 서북쪽 지방의 숲속 마을에 있다. 우리는 러시아의 어머니 강인 볼가강의 발원지인 트베리주를 가로질러 흰 눈으로 뒤덮인 원시림 깊숙한 곳으로 들어갔다. 눈이 두껍게 쌓인 도로는 울퉁불퉁해서 주행이 힘들었지만 기사 아저씨 말로는 오늘 정도면 도로 사정이 괜찮은 편이란다. 가는 길에 교통사고가 난 지점이 없으니 말이다. 그랬다면 7, 8시간이 걸려도 목적지에 도착하지 못했을 거란다. 민박에 도착했을 때는 이미 밤 9시가 다 되어갈 무렵이었다. 세상과 동떨어져 고립된 이 민박 주변에는 다른 건축물이 없었고 손님도 우리 셋뿐이었다. 얼음이 어는 2월에는 외지에서 오는 방문객이 거의 없다고 했다.

온종일 시달렸더니 지치고 허기졌다. 민박 주인아주머니가 음식을 내왔다.

"뜨거운 수프랑 빵 좀 먹어요!"

그는 따스하게 미소를 지었다. 우리의 의사소통 방식은 기묘했다. 주인아주머니는 영어를 몰랐고, 나는 러시아어를 몰랐다. 모든 대화는 구글 번역을 통해서 이루어졌다. 우리는 컴퓨터와 휴대폰으로 각자의 언어를 입력한 뒤 구글 번역을 이용해서 상대방의 언어로 번역했다. 효율이 좀 떨어지긴 했지만 공기마저 얼어붙는 이곳에서는 서두를 필요가 없다고 느껴졌다. 우리는 내일 고아원으로 출발할 시간을 정했다. 여름이었다면 민박집에서 걸어서 갈 수도 있었겠지만, 겨울에는 무릎까지 두껍게 쌓인 눈 때문에 걸음을 옮기기조차 힘들었다. 민박 주인장이 운전하는 4륜 전동차에 스노체인*을 채운 짐차를 연결해서 타고 가야 했다.

나는 짐을 풀 기운조차 없이 머리를 대자마자 잠이 들었다. 오늘 하루는 악전고투의 연속이었다. 창문 밖 처마에는 고드름이 가지런하게 주렁주렁 맺혀 있었다. 일기예보에서는 내일 기온이 영하 20도 밑으로 떨어진다고 했다.

"괜찮아! 우린 3개월 전에 남극 원정까지 다녀왔잖아. 남극에서도 잘 버텼는걸, 그치?"

카메라맨들은 고개를 끄덕였다. 괜찮고말고. 하지만 러시아의 혹독한 겨울은 단련된 사람만 버틸 수 있다는 것이 사실로 증명됐다.

"어째 남극보다 더 추운 거 같네!"

카메라맨들은 처음엔 장갑이 걸리적거린다며 맨손을 비벼가

* 눈으로 덮인 곳을 주행하기 위해 타이어에 덧씌워 마찰력과 접지력을 올려주는 장비.

며 촬영했다. 그러나 몇 분 찍기도 전에 손끝의 감각은 사라져 버렸다.

다음 날 아침 일찍, 키가 크고 건장한 주인아저씨가 약속한 시각에 맞춰 입구에서 우리를 기다리고 있었다. 어젯밤 늦게 도착했을 때는 온 세상이 캄캄했는데, 새벽 하늘이 밝아오자 주변이 또렷하게 보였다. 민박 뒤에는 수면이 얼어붙은 커다란 호수가 있었다. 호수 주변의 침엽림은 눈으로 새하얗게 덮여 있었다. 나는 눈이 잔뜩 쌓인 나무들 위로 활짝 핀 은빛 눈꽃이 이루는 장관에 그만 넋을 잃고 말았다. 주인아저씨는 우리가 대만에서 가져온 '스노 슈즈'를 신은 걸 보더니 풋, 하고 웃음을 터트렸다.

"그런 신발로는 어림없어요! 눈을 밟자마자 흠뻑 젖을 텐데."

그는 현지에서 특별히 제작한 방수 및 미끄럼 방지 기능이 있는 긴 장화를 가져와서 갈아 신게 하고, 한 손으로 나를 번쩍 들어 올려 차에 태워줬다. 집에서 나온 주인아주머니는 내게 종이 봉투와 보온병을 안겨줬다.

"치즈 샌드위치와 따뜻한 커피예요. 고아원에 갖고 가서 점심으로 먹어요. 거긴 동물만 있고 먹을 건 없거든요."

구글 번역기가 그의 친절을 번역해줬다. 마음이 따뜻해졌다. 러시아 사람들의 첫인상은 대부분 거만하고 차갑지만, 함께 지내다 보면 깨닫게 된다. 그들은 '천천히 따뜻해지는 것일 뿐'인 것을.

차를 타고 몇 분 만에 우리는 눈에 띄지 않도록 은밀하게 자리한 불곰 고아원에 도착했다.

"우리도 평소에는 이쪽으로 안 오거든요."

민박 주인아저씨는 대만 방송국에서 바다를 건너 새조차도 새끼를 치지 않는 이곳을 촬영하러 왔다고 하니 무척 의아해했다. 이 작은 마을은 부보니치라고 하는데, 현지 사람들은 이곳을 '죽은 마을'이라고 불렀다. 80년대에는 이 마을에 고작 두 사람만 살았기 때문이다. 1985년 시베리아의 생물학자 발렌틴 파제트노프가 부인과 함께 이 외로운 땅으로 옮겨와서 불곰 고아원을 세우고, 어미를 잃은 새끼 불곰을 구조했다. 지금은 발렌틴의 아들과 며느리, 손자와 손주며느리까지 3대가 모두 불곰 고아를 돌보는 일에 종사하고 있다. 그동안 일가는 새끼 불곰을 250마리 이상 야생 방사하는 데 성공했다. 그런데 이곳의 위치가 너무 은밀하다 보니 인터넷에서 얻을 수 있는 정보에도 한계가 있었다. 나 역시도 국제동물복지기금의 협조를 통해 불곰 고아원과 겨우 연락할 수 있었다.

*

"어서 오세요!"

파제트노프 가족의 2대인 세르게이와 카탸가 길목에 나와 우리를 맞이했다. 세르게이는 고아원 창립자 발렌틴의 맏아들이다. 맑고 진실한 눈빛과 부드러우면서도 수줍음을 띤 미소를 보자 나는 그의 아내 카탸가 왜 모스크바의 삶을 버리고 원시림에 와서 곰에게 먹이를 주는 삶을 기꺼이 받아들였는지를 순식간에 깨달았다. 바로 이 눈에 담긴 마력 때문이었다! 모스크바 대학을 졸업한 카탸는 영어가 유창해서 가족과 외국인 방문객을 연결하는 창구 역할을 맡고 있었다. 우리는 수많은 이메일을 주고받았기 때문에 실제로 만나자 곧바로 친밀함을 느꼈다.

"당신이 진짜로 여기까지 오다니, 실감이 안 나네요! 출입국 심사관에게 간첩으로 몰려서 잡혀간 줄로만 알았어요!"

카탸가 명랑하게 웃었다. 그리고 공항에서 여권을 빼앗긴 사건을 듣자 이해할 수 없다고 외쳤다.

"러시아 사람들에게 실망하지 않기를 바라요. 우리는 손님들을 좋아하거든요. 이따가 내가 만든 팬케이크를 먹어 보면 알 거예요!"

곧 새벽 수유를 시작할 시간이라 촬영 장비를 세팅하고 새끼 곰의 육아실로 이동했다. 촬영 전, 이메일로 여러 번 당부했던 내용이지만 카탸는 다시 한번 방문 수칙을 당부했다. 촬영 팀과 새끼 불곰은 반드시 적정 거리를 유지해야 하며, 어린 곰을 만지거나 말을 걸어서는 안 된다. 불곰의 후각은 매우 민감하므로 향수를 뿌리거나 향이 강한 비누를 써서는 안 된다……. 예전에도 유럽에서 취재를 온 적이 있었는데, 그들은 새끼 곰을 보자마자 촬영 수칙을 머리에서 싹 지워버리고는 달려들어 끌어안고 입을 맞췄다고 한다.

"우리가 참 곤란했어요."

새끼 곰 육아실의 나무문을 연 순간, 나는 숨을 크게 들이켰다. 나의 소녀 감성이 폭발하는 것을 간신히 저지하고, 탄성을 터트리며 끌어안고 싶다는 충동을 가까스로 억눌렀다. 세상에, 이건 테디 베어잖아! 살아 있는, 폭신폭신한, 꼬물거리는 테디 베어! 진짜 말도 안 되게 귀여웠다. 제대로 기지도 못할 만큼 어린 몇 마리는 바닥을 데굴데굴 굴러다니고 있었다. 이 보송보송한 아기들이 한데 모인 걸 보니 살아 있는 다레판다*가 따로 없었다. 이제 막 이가 나기 시작한 새끼 곰들은 유난히 초조하고 불안해하며 끽끽 울어 댔다. 세르게이와 카탸, 그들의 아들 바실

* 2000년대에 유행했던 일본의 판다 캐릭터.

리 세 사람은 모두 방호복으로 갈아입고 장갑을 착용했으며, 소리를 내서 말하는 대신 손짓으로만 의사소통했다. 비타민을 넣은 분유는 4시간에 한 번씩 먹여야 했다. 분유가 너무 차갑거나 뜨거우면 새끼 곰이 먹을 수 없으므로 커다란 두 남자는 입으로 분유 온도를 확인했다.

"참 키우기 까다로운 아이라니까요."

젖병이 준비되자 두 부자는 각자 곰 한 마리씩을 안고 젖꼭지를 물렸다.

"제 자식도 이렇게는 안 키웠어요!"

새끼 곰은 쭙쭙대며 재빠르게 분유를 먹어 치웠다. 수유가 끝나면 체중을 측정한다. 또 근육이 더욱 튼튼하게 자라도록 마사지까지 해주는 풀코스 서비스를 제공한다. 날씨가 좋을 때면 카탸는 새끼 곰들을 깨끗이 씻기기도 했다.

방문 당시 고아원에는 새끼 곰 형제 세 쌍이 있었다. 한 쌍은 모스크바 쓰레기장에 버려졌고, 한 쌍은 상트페테르부르크의 동물병원에 버려졌고, 한 쌍은 벌목공이 주웠다. 갓 태어난 새끼 곰은 눈도 보이지 않고 귀도 들리지 않으며, 고작 생수병 하나 정도의 무게가 나갈 뿐이다. 생후 20일이 지나야 청력이 생기고, 30일이 지나야 시력이 생긴다. 새끼 여섯 마리는 육아실에서

2개월을 보내는 동안 체중이 4배나 늘었다. 이 자랑스러운 성적에 양부모들도 성취감을 느꼈다.

"육아실에서는 왜 손짓으로만 이야기하나요?"

내 질문에 카탸가 설명했다.

"새끼 곰의 야성을 보존하려면 인간과의 접촉은 적을수록 좋죠. 곰은 인간을 두려워해야 해요!"

곰이 야생에서 생존하는 유일한 방법은 인간과 거리를 유지하는 것이다. 그밖에도 동물이 최대한 인간의 소리와 음식에 호기심을 갖지 않도록 해야 했다. 그래야 나중에 불곰을 야생 방사해도 사람의 말소리나 음식을 찾지 않는다. 사람의 말소리나 냄새에 익숙해지지 않게 하는 것. 이게 새끼 곰 보전을 위한 첫 번째 관문이었다.

"새끼 곰이 너무 귀엽잖아요. 아침저녁으로 같이 지내는데 쓰다듬지도, 안지도 못하면 괴롭지 않나요?"

나는 카탸에게 물었다.

"당연히 괴롭죠! 하지만 새끼 곰들이 애완동물도 아니고 장난감도 아니잖아요. 이 아이들은 산과 숲, 대지에 속해 있어요. 매일 마음속으로 다짐하고, 나 자신에게도 당부해요. 네가 얘들을 얼마나 좋아하는지는 상관없어. 이 아이들은 네 테디 베어가 아니야."

사랑은 점유하는 게 아니라 자유로이 놓아주는 것이다. 야생 동물에게도 그렇고, 사람에게도 역시 그러하다.

곰 사냥꾼 가족,
곰을 구하는 가족이 되다

촬영 둘째 날, 생후 2개월이 넘은 제냐가 갑자기 뒷발을 힘껏 지탱하더니 비틀비틀 첫걸음을 디뎠다. 이 장면을 본 순간 나는 내 자식이 처음으로 기는 장면을 봤을 때처럼 흥분했지만, 이성을 잃고 날뛰지 않도록 얼른 입을 틀어막았다. 새끼 곰이 기어 다니기 시작하면 더욱 넓은 활동 공간이 필요하다. 이때부터는 새끼 곰을 '오두막'으로 옮겨서 제2단계인 돌봄 훈련에 들어간다.

파제트노프 가족은 곰 굴을 모방해 새끼 곰 오두막을 만들었다. 오두막 안은 어두컴컴하고 매우 따뜻하다. 온도는 약 섭씨 20도 안팎으로, 새끼 곰이 굴 안에서 어미 곁에 붙어 있을 때의 온도와 같다. 새끼 곰이 오두막에 들어간 다음부터는 하루가 지날 때마다 실내 온도를 서서히 떨어트리면서 새끼 곰이 저온에 차츰 적응하게 만든다. 이렇게 하면 제3단계 야외 훈련에 들어갔을 때 영하 이하의 기온이라도 어린 곰이 추위를 타지 않게 된다.

촬영 셋째 날, 제냐가 이사 갈 준비를 했다. 새벽의 실외 공기는 영하 10도까지 떨어져 있었다. 새끼 곰이 추위에 노출되지 않게 이사 속도는 빠르면 빠를수록 좋았다. 카탸가 제냐를 나무 상자 안에 넣었다. 바실리는 나무 상자를 안은 채 육아실에서 새끼 곰 오두막으로 신속하게 뛰어들어갔다. 오두막에는 따뜻한 톱밥이 가득 깔려 있었고 기어 올라가서 놀 수 있는 나무 구조물도 마련돼 있었다. 그러나 제냐는 낯선 환경과 냄새에 언짢아했다. 끊임없이 날카롭게 울부짖고 도망치려고 문 쪽으로 기어갔다. 새끼 곰 오두막은 환승역일 뿐이다. 3월 말 봄이 오고 눈이 녹으면 제냐는 3단계에 돌입할 것이다. 어린 불곰은 다시 한번 이사해서 가을에 야생 방사를 할 때까지 숲속 가장 깊은 곳으로 들어가 사람과 단절된 채 지내야 한다.

*

바실리는 우리를 데리고 제3단계 안식처로 갔다. 눈이 너무 높이 쌓여서 바실리는 스노모빌* 뒤에 튜브 썰매를 연결했다. 카메라맨 둘은 스노모빌 뒷좌석에 비집고 들어갔고, 나는 카메라와 삼각대를 끌어안은 채 튜브 썰매에 옹송그리고 탔다. 내가 공간을 너무 많이 차지하지 않아서 다행이었다. 체격이 큰 러시아 사람들이 보기에 내 골격은 어린애 수준이었다. 그 말인즉 덜 자란 것처럼 보였다는 거다.

"어머니가 도대체 뭘 먹여서 키운 거예요?"

민박집 주인아저씨는 나를 들어 올릴 적에 이렇게 묻기까지 했다.

스노모빌이 설원을 질주하자 지면의 얼음과 눈이 사방으로 튀며 내 얼굴을 때렸다. 어느새 속눈썹은 얼어버렸다. 조금만 한눈을 팔면 맞은편에 있는 나뭇가지에 얼굴이 긁힐 것만 같았다. 온몸이 꽁꽁 얼어붙어 입 밖으로 말이 나오지 않았다.

"괜찮아요?"

바실리가 돌아보며 큰 소리로 물었다.

"괜찮아요! 얼굴이 얼어서 그래요!"

---

* 눈 위에서 빠르게 이동할 수 있도록 트랙과 스키가 부착된 동력 차량.

"조금만 더 버텨요. 곧 도착합니다."

3단계 안식처는 불곰의 원시 서식지와 거의 비슷하다. 다른 점이라면 사방을 철조망으로 둘러싸서 새끼 곰의 '탈옥'을 막은 것뿐이다. 야생 방사 훈련과 평가가 완전히 끝나기 전의 탈옥 행위는 매우 위험하고 자칫하면 목숨을 잃을 수도 있다. 이 천연 구역에서 불곰은 자유롭게 나무를 타고, 놀고, 먹이를 구하러 숲을 탐색할 것이다.

바실리가 새끼 곰에게 죽 같은 영양 보충 제품을 가져올 때는 늘 똑같은 옷을 입고 똑같은 냄새가 나게 유지했다. 또 곰과 시선을 마주치지 않도록 모자로 얼굴을 가려야 하고, 물건을 내려놓는 즉시 철수해야 한다. 이 단계에서 곰과 사람의 접촉은 적을수록 좋다. 감정적으로 의존하는 것도 천천히 끊어낸다.

"가을이 되어서 이별하게 될 때를 생각하면 이게 좋죠. 서로 미련 갖지 않게요."

바실리는 말했다.

전 세계에 있는 불곰 20만 마리 중 12만 마리는 러시아에 서식하고 있다. 러시아에서는 매년 입동 이후 사냥철이 되면 피비린내 나는 무시무시한 불곰 도살이 벌어진다. 2011년 전까지만 해도 러시아의 사냥꾼들은 합법적으로 불곰이 동면하는 굴에 들어가서 사냥할 수 있었다. 그래서 한동안은 '동면 곰 사냥'이 성행했다. 사냥꾼은 2천 달러만 지급하면 합법적으로 사냥개를 데리고 불곰이 동면하는 굴에 들어가서 총을 쏠 수 있었다는 얘기다.

새끼를 밴 어미 곰은 동면 기간에 새끼를 낳는다. 어미 곰이 죽으면 새끼 곰은 대부분 서커스단이나 애완동물 가게로 가거나, 그것도 아니면 아무렇게나 버려져서 혼자 살아남아야 한다. 매년 1월에서 2월 말은 새끼 곰이 태어나는 계절이지만, 러시아 각지에서 발견된 어미를 잃은 새끼 불곰은 파제트노프의 불곰 고아원으로 보내진다. 발견된 새끼 불곰은 그나마 운이 좋은 축에 속한다. 그보다 더 많은 새끼 불곰이 얼어 죽거나 곰 굴 안에서 굶어 죽는다. 설령 굴에서 기어 나온다 해도 영하 20, 30도나 되는 혹독하게 추운 숲에서는 버티지 못한다.

근거리 총살형, 처형식과 다름 없는 동면 곰 사냥은 발렌틴과 국제동물복지기금의 노력으로 2011년에 드디어 폐지됐다. 그때부터 러시아의 사냥철 개시 시점도 매년 4월 1일로 미뤄졌다. 현재 고아원에서 수용하는 새끼 곰 숫자도 과거보다 훨씬 줄어들었다.

"가장 많을 적에는 한꺼번에 30마리 넘게 돌보기도 했어요."

카탸가 기억을 더듬었다.

“좋은 일이 아니죠. 새끼가 많아질수록 총살당한 어미가 많다는 뜻이니까요.”

*

세계 불곰의 아버지라고 불리는 발렌틴은 이미 84세의 고령이다. 자식과 손자가 일을 이어받은 뒤 어르신은 뒷선으로 천천히 물러났다. 불곰의 아버지를 방문하기 전, 나는 교수가 세계 각지의 곰 인형을 수집한다는 이야기를 듣고 대만흑곰 인형을 선물하려고 했다. 그런데 흑곰 인형은 어디 가서 찾는담? 인터넷을 검색해보니 대만흑곰보전협회는 다행히도 방송국과 매우 가까이 있었다. 나는 매우 단순하게 생각했다. ‘흑곰협회에 가면 흑곰 기념품을 살 수 있겠지?’ 주소에 나온 대로 협회 사무실로 찾아갔다. 그때 문을 열어준 사람은 샤오후 간사장이었다. 나는 간사장에게 흑곰과 관련된 기념품을 살 수 있는지 물었다. 그러나 사무실에서는 기념품을 팔지 않는다는 대답이 돌아왔다. 간사장은 실망해서 풀이 죽은 내 표정을 보더니 흑곰 관련 기념품을 찾는 이유를 친절하게 물어봤다. 나는 불곰의 아버지에게 흑곰 인형을 선물하고 싶다고 대답했다. 놀랍게도 간사장은 팔지는 않지만 선물할 수는 있다고 통 크게 말했다! 그는 온 사무실을 뒤져서 크고 작은 한정판 흑곰 봉제 인형과 굿즈 등을 찾아냈다.

"우리 대신 불곰의 아버지에게 인사를 전해주세요!"

지금까지도 간사장의 아낌없는 도움에 마음속 깊이 감사하고 있다. 이 대만흑곰보전협회의 창시자 겸 이사장이 바로 '흑곰 엄마'로 불리는 메이슈다. 나와 메이슈와 흑곰보전협회의 깊은 인연은 불곰이 이어준 거였다.

"이건 대만흑곰이에요."

나는 흑곰 인형을 선물했다. 여든 살이 넘는 노교수는 새 장난감을 본 아이처럼 눈을 크게 뜨고 함박웃음을 지었다. 그는 선물을 들고 한참을 자세히 살펴보더니 만족스럽다는 듯 새 인형을 수집 선반에 올려놓았다. '곰 선반'에는 세계의 8대 곰을 모티브로 한 장난감, 장식품, 만화책 등이 다양하게 진열돼 장관을 이루고 있었다. 내 선물도 그 대열에 합류한 걸 보자 나는 알 수 없는 성취감을 느꼈다.

"예전엔 시베리아의 사냥꾼이셨다면서요. 사냥꾼에서 곰 구조자로 변했고요. 참 드라마틱한 변화인데요!"

내 질문에 교수는 미소를 짓고 온화하게 말했다.

"이제 인류가 더는 사냥으로 음식이나 가죽을 얻지 않아도 되잖아요. 사냥은 사람들의 취미가 됐지요. 인류는 사냥을 오락 활동으로 여기고 있어요. 거기서 한발 성큼 내디뎌 변화를 만들고 싶었습니다. 사냥총을 내려놓고 학교로 돌아가서 생물학 교육을 받았지요."

곰 연구를 시작한 뒤 발렌틴은 이 거대하면서도 총명한 생물종에게 매력을 느꼈다. 학위를 취득하고 국립공원에서 일하던 중, 어미가 사냥꾼에게 살해당해 의지할 데를 잃은 새끼 불곰이 생사의 갈림길에 직면한 모습을 봤다. 그는 시베리아를 떠나 5백 년 동안 황폐했던 서북쪽 숲의 옛 마을로 이주하기로 결심했다. 그리고 전기도, 도로도 없던 이 옛 마을에 불곰 고아원을 세웠다. 불곰 사냥이 합법인 세상에서 마지막 피난처를 세운 것이다.

발렌틴 교수가 구조해 야생 방사한 불곰의 70퍼센트는 무사히 살아남았고, 대를 이어 번식까지 했다.

"새끼 곰들이 성공적으로 살아남은 비결이 뭔가요?"

나는 호기심이 들었다.

"어린 곰은 인류를 두려워해야 하고, 야성을 온전히 보존하고 있어야 해요. 불곰은 무척 사교적인 동물이라 의사소통에도 능숙하거든요. 이 녀석들이 인간들과 너무 가까워지면 인간을 두려워하지 않게 돼요. 그러면 곰들의 목숨도 위험해집니다."

불곰의 아버지는 강조했다. 새끼 곰은 애완동물이 아니다. 인간이 제멋대로 불곰과 친구가 될 수 있을 거라고 생각해서는 안 된다. 고아원의 역할은 새끼 곰에게 적절하게 돌봄과 보호를 제공하는 것과 동시에 새끼 곰이 지나치게 사람에게 의지하지 못하게, 그래서 생존 본능을 잃지 않도록 하는 것이다.

*

오전 내내 이야기를 나누고 떠나기 전에 노교수의 손을 꽉 잡고 말했다.

"한 사람의 힘으로 한 생물종의 운명을 바꿀 수 있다는 걸 증명하셨네요!"

교수도 내 손을 맞잡았다.

"멀리서 와줘서 고맙습니다. 불곰의 위기를 모두에게 알려주기를 바랍니다."

발렌틴은 친절하게 우리를 가족 모임에 초대했다. 며칠 뒤가 아내 스베틀라나와의 결혼 60주년 기념일이라 직접 요리를 할 예정이란다. 그러자 모두는 우리가 먹을 복이 있다고 말했다. 요 몇 년 새 노교수의 시력이 쇠퇴하는 바람에 주방에 들어가는 일이 줄었던 것이다. 중요한 축하 모임이 있을 때만 어르신의 뛰어난 솜씨를 맛볼 수 있었다.

스베틀라나는 온화하고 친절한 노부인으로, 부드러운 말씨로 옛이야기를 들려줬다. 옛날 발렌틴이 구혼할 적에 자기를 데리고 크리스마스트리를 보러 가겠다고 약속했단다. 스베틀라나는 크게 솔깃해서 이 낭만적인 남자와 결혼하겠다고 단숨에 승낙했고 당장이라도 그와 함께 떠나고 싶었다. 그런데 약속했던 크리스마스트리가 저 멀고 먼 시베리아에 있었을 줄이야. 스베틀라나는 18살에 발렌틴을 따라 시베리아로 들어와서 곰을 사냥했고, 나중에는 서북쪽 숲으로 옮겨 가서 오트밀 죽 한 솥에 의지해 가족과 새끼 곰을 먹여 살렸다. 스베틀라나의 말에 따르면 남편은 새끼 불곰을 보호하는 데 모든 신경이 쏠려 있어서 무얼 먹든지 전혀 신경을 쓰지 않았고, 딱히 불평하지도 않았다고 한다. 그래서 스베틀라나는 아침저녁으로 오트밀 죽을 한 솥씩 끓였고, 사람과 곰은 똑같이 오트밀 죽을 먹으며 살았다고 한다. 또한, 사람도 없는 마을에서 절약하느라 쟁기를 들고 밭을 갈아야 했다.

"갑자기 농부가 됐지 뭐예요!"

하지만 스베틀라나는 단 한 번도 후회한 적이 없다고 했다. 남편의 이상과 가족의 사명을 잘 알았기 때문에.

얼어붙은 숲속에서 세상과 단절돼 살아가기

이른 봄이 다가왔다지만 숲 기온은 영하 20도 이하로 내려갈 때가 대부분이었다. 그럴 때면 카메라는 버티지 못했고 배터리에 얼음이 두껍게 얼었다. 우리는 가능한 한 많은 옷으로 장비를 감싸서 '난방했다.' 추위에 사람 몸이 상할까 걱정이 아니라 카메라가 상해서 일을 못 할까 걱정이었다. 이날은 바실리가 얼음낚시로 저녁 반찬거리를 잡자고 제안했다. 바실리와 아버지 세르게이가 스노모빌을 한 대씩 운전했고, 그 뒤에 스노 튜브를 매서 우리 셋과 카탸를 태웠다. 가는 도중에 크고 작은 호수가 보였다. 얼어붙은 호수 위로 눈의 여왕에게서 빌려 온 듯한 새하얀 도로가 펼쳐져 있었다.

우리는 어느 임지 앞에서 스노모빌을 세웠다. 세르게이가 전기톱을 꺼내서 나무 한 그루를 벴다. 나는 카탸에게 물었다.

"나무를 왜 베는 거예요?"

"러시아의 겨울은 몹시 춥잖아요. 야생동물도 먹이를 찾기가 어려워서 생존하기 힘들어요. 이 부근에는 사불상*이 많이 사는데, 사불상의 주식은 나무껍질이거든요. 우리가 나무를 좀 베어두면 사불상이 먹을 수 있으니까 생존 확률도 높아져요. 또 동물에게 줄 특제 소금도 놔둘 거예요. 이건 특별하게 만든 거라 미네랄을 풍부하게 함유하고 있어요. 야생동물은 미네랄을 섭취해야 하거든요."

이제 보니, 파제트노프 가족이 지키는 건 불곰만이 아니었다. 능력이 닿는 대로 다른 생물종까지 돌보고 있었다.

카탸는 길을 따라가며 자동 관측 카메라의 건전지와 메모리카드를 교체했다. 그는 숲 주변에 카메라를 설치해서 생태를 기록하고 야생 방사한 불곰이 어떻게 살아가는지를 추적하고 있었다.

"우리 주변에 누가 살고 있는지 알고 싶거든요."

---

* 사슴과의 포유류. 어깨의 높이는 2미터 정도이며, 여름에는 회색빛을 띤 적색, 겨울에는 누런 갈색이다.

카탸는 여전히 유머러스하게 말했다. 며칠 전 자동카메라의 영상으로 새끼를 밴 어미 사슴 한 마리가 나무껍질을 찾아 사방을 돌아다니는 걸 봤단다. 그래서 오늘은 일부러 이곳까지 와서 나무를 베고 소금 덩어리를 놓아둔 것이다.

불곰 고아원에 머무르면서 가장 놀랍고 기뻤던 일은 카메라가 야생으로 돌아간 불곰을 포착한 것이다. 어미 곰 한 마리가 새끼 곰 세 마리를 데리고 숲을 산책하고 있었다.

"보세요! 귀에 노란색 표식 보이죠? 우리가 달아준 거예요. 참 신기하죠!"

카탸가 화면을 가리키며 흥분했다.

"얘는 우리가 십 년 전에 돌려보낸 곰이에요. 지금도 숲 근처에 살고 있었네요. 벌써 10살이나 됐고, 출산도 3번이나 했어요. 출산할 때마다 새끼 곰을 세 마리씩 낳았고요. 야생 불곰이 10살이면 장수한 거죠. 이게 우리의 돌봄 프로젝트가 성공했단 걸 증명해주는 셈이에요. 야생 방사한 불곰이 이렇게 건강하잖요. 모든 노력이 가치가 있었어요."

그렇다. 이들은 한밤중에도 수유하고, 씻기고, 마사지해야 했다. 새끼 곰이 하루가 다르게 성장해서 독립하는 모습을 지켜보느라 잠 못 자는 날이 부지기수였다. 지금 화면에 보이는 이 장면이야말로 가장 풍성한 보답이었다.

*

의례적인 작업을 마치자 바실리는 물고기가 비교적 많이 잡히는 호수 입구에 멈췄다. 사실 우리는 한발 늦었다. 호숫가에는 이미 얼음낚시를 하는 주민이 몇 명 있었다. 다들 조그만 걸상에 앉아 손으로 낚싯대를 붙잡고 운을 기대하며 인내심을 연마하고 있었다. 카탸가 말하길 이 호수의 수심은 71미터나 되는데, 겨울에 얼음이 얼면 주민들이 낚시하는 곳이라고 한다. 얼음낚시는 복잡하지 않았다. 공구로 수면에 구멍을 뚫는다.(구멍을 뚫을 때는 빙수를 만들 때처럼 사방으로 얼음 조각이 튀었다.) 그리고 낚싯대를 구멍 안에 드리우고, 기다린다.

*

"여러분의 저녁 식사는 제 손에 달렸네요."

카탸는 내게 눈을 깜빡거리며 장난스럽게 말했다. 얼음 위에 한참을 쪼그리고 있었지만 낚싯줄은 아무런 반응도 없었다. 바실리는 인내심에 한계를 느꼈다. 얼음 구멍은 점점 많아졌고, 수면은 울퉁불퉁해졌다. 마침내 조그만 물고기 하나를 낚았다. 영하 20도가 넘는 저온 상태라 물고기는 수면 위로 끌어 올려진 순간부터 급속도로 얼기 시작해 냉동 생선이 돼버렸다.

“이게 우리 가족 모두가 먹을 저녁이에요. 여러분에게 대접도 해야 하는데!”

카탸는 농담했다. 사실 이 작은 물고기는 따로 쓸 데가 있었다. 이건 큰 물고기를 낚기 위한 미끼로, 얼음 구멍 안으로 돌려보내고 구멍 위를 눈으로 덮어 둔다. 다음 날 다시 와서 수확이 있는지 없는지를 확인할 것이다.

얼음낚시는 운에 좌우되는 부분이 많았다. 겨울을 무사히 나려면 운에만 기대서는 안 되고, 양식을 비축해두는 게 생존의 비결이다. 특히 눈이 두껍게 쌓인 서북쪽 숲에서는 영하 이하에서 보내야 하는 시간이 매년 길게는 여섯 달이나 되다 보니 거의 반년 동안 신선한 채소와 과일을 먹을 수 없다. 카탸는 가을에 채집한 과일로 ‘곰 주스’를 만들어 뒀다가 겨울에 먹는다.

“매년 여름과 가을에 사과를 잔뜩 사서 곰에게 먹이고, 그중 일부로는 주스도 만들거든요. 곰에게 먹이는 음식을 과즙으로 만든 거라서 아예 곰 주스라고 불러요.”

항아리에는 곰 주스만 있는 게 아니다. 카탸는 ‘대피 규격’에 맞춰 지은 지하실을 보여줬다. 그 안에는 군부대도 거뜬히 먹일

만큼의 감자가 산처럼 쌓여 있었다. 또 온갖 종류의 베리가 저장된 병이며 통도 있었다. 오이 피클과 양배추 피클, 샐러드에 곁들어 먹을 채소 소스, 파스타에 뿌릴 양송이 소스, 토마토소스까지…….

"세상에, 가을에 엄청 바쁘겠네요?"

"가을만 바쁘겠어요! 여름과 가을에 무슨 소스를 만들지 봄부터 계획을 짜야 해요. 순서대로 차근차근히 해야 겨울을 날 수 있어요."

카탸는 질서정연하게 일을 처리해 나갔다.

"이게 영하에서 사는 방식이군요!"

카탸는 웃었다.

"지금 집 밖은 영하 18도예요. 이 정도면 최악은 아니죠. 어제보단 따뜻하거든요! 어젠 영하 24도였어요. 저번 주에는 영하 30도였고요. 여러분은 운이 참 좋아요!"

나는 노련한 숲 주민의 모습을 보고 짐짓 놀랐다.

"진짜로 모스크바에서 온 차도녀 맞아요?"

"여러분, 그게 바로 저랍니다! 인생이란 참 재밌어요. 자기가 어디로 가게 될지, 누구랑 결혼하게 될지 모르잖아요."

확실히 그렇긴 하다. 사랑은 이지[理智]를 잃게 했고, 숲에서 곰을 돌보는 남자와 결혼하게 했다. 그러나 카탸는 모스크바의 화려함에 미련을 갖지 않았다.

"세르게이가 큰 손으로 새끼 곰을 안은 걸 봤을 때 무척 감동했어요. 마음이 다 녹아버렸죠."

교제 초반에는 카탸가 주말마다 차를 타고 모스크바에서 불곰 고아원까지 왔다. 세르게이는 새끼 곰을 돌보느라 자리를 비울 수 없었으니까. 카탸는 그리움을 억누르지 못하고 편도 7시간이나 되는 거리를 옆 동네 마실 다니듯 다녔다.

"한창때였으니까요. 그땐 진짜 미쳤었죠."

그러게 내 말이. 그 눈에는 마력이 담겨 있다니까!

젊은 시절 사냥꾼 복장을 한 세르게이의 멋지고 매력적인 모습은 영화에 나오는 닥터 지바고를 똑 닮았다. 어릴 적부터 아버지를 따라 곰 사냥을 하던 세르게이는 어른이 된 뒤에도 아버지의 발자취를 따라 똑같이 생물학을 전공했다.

"과거에 사냥은 인간의 생존 방식이었지만 지금은 오락이 됐습니다. 대자연을 농락하는 거죠. 불곰 고아는 그 농락의 가장 큰 희생양입니다."

세르게이는 '농락'이라는 단어를 써서 오락 삼아 사냥하는 사람들에게 극도로 반대한다는 뜻을 드러냈다. 그의 아들 바실리도 생물학 학위를 딴 뒤 고향으로 돌아와서 불곰 보호 업무를 분담하고 있다.

"이건 대를 잇는 사업이자 우리 가족의 사명이에요."

바실리는 말했다. 파제트노프 가족의 피가 흐르는 사람이라면 언젠가는 숲으로부터 영혼의 부름을 받는다고.

"불곰 보전이 일인지 삶인지 묻는 사람이 많았어요. 제 생각엔 우리 가족에게는 일이 아니라 삶이에요. 대자연을 소중히 하고 자연과 함께 살아가다가 후손에게 물려주는 것. 이게 우리가 가장 전달하고 싶은 메시지입니다."

*

오늘 밤 성대한 가족 모임의 주인공 스베틀라나는 아름다운 옷으로 갈아입고 거실에서 기다리고 있었다. 오늘은 스베틀라나가 여왕이므로 지시만 할 뿐, 손 하나 까딱할 필요가 없었다. 발렌틴 교수는 눈을 가늘게 뜨고 조리대 앞에서 가장 잘하는 요리인 러시아식 팬케이크를 굽고 있었다. 세르게이와 바실리도 집 밖에서 고기를 구웠다. 바실리의 세 살배기 아들은 흥분해서 이리저리 뛰어다녔다.

식탁에는 일가 4대와 저 먼 타지에서 온 손님들이 둘러 앉았다. 노교수는 매우 기뻐하며 아내에게도 입맞춤하고 손자와 증손자에게도 입맞춤했다. 그리고 나도 꽉 안아줬다. 식사 후 카탸가 스베틀라나에게 노래를 불러 달라고 요청했다. 스베틀라나의 목소리는 무척 아름다웠다. 러시아 민요를 부르기 시작하자 형용하기 힘든 서글픔이 몰려왔다. 이 민족의 역사에 생사를 가름하는 이별이 너무 많았던 탓일까.

술 몇 잔을 마시고 나자 모두 감정이 고조되었고, 노래가 한 곡 또 한 곡 이어졌다.

"지금 우리가 부르는 노래는 이별가예요. 여러분이 돌아가는 길이 평안하길, 나중에 또 만나기를 바랍니다."

파제트노프 가족의 말에 나는 눈자위가 붉어졌다. 난 얼마나 얼마나 운이 좋은가. 세상의 끝자락, 머나먼 러시아의 작은 마을에서 곰에 대한 사랑으로 충만한 가족을 알았고, 이곳을 방문한 기억과 발자취까지 남겼다. 집 밖에서는 가랑눈이 휘날리고 있었고 집 안의 난로는 발갛게 타오르고 있었다. 이 아름다웠던 백야는 영원히 기억될 것이다.

길가에 세워진 불곰의 무덤

신장 2.8미터, 체중 최대 450킬로그램에 달하는 불곰은 육지에서 가장 큰 육식동물 중 하나로, 세계의 8대 곰 중에서도 북극곰의 뒤를 이어 두 번째로 크다. 과거 5백 년 동안 불곰은 오스트레일리아와 북아프리카, 중동, 멕시코 중부를 포함한 17개 국가에서 멸종했다. 하지만 불곰의 숫자는 아직 국제자연보전연맹의 멸종위기종 기준에 도달하지 않아서, 북미와 북유럽, 일본, 러시아에서는 대량으로 포획, 사살 가능한 수렵동물이다. 러시아의 몇몇 고속도로변에서는 곰 가죽뿐만 아니라 곰 박제까지도 쉽게 살 수 있다.

불곰 고아원과 작별하고 공항으로 가는 도로 양쪽으로 불곰 박제를 파는 좌판이 하나하나 늘어서 있었다. 숫자를 헤아려 보니 이 도로에만 해도 최소 일곱 군데다. 크고 작은 다양한 크기의 곰 가죽이 있었고, 여러 가지 표정으로 만들어 놓은 곰 박제가 앉거나 선 모습으로 손님이 지갑을 열도록 맞이하고 있었다. 카메라를 들이대면 상인들을 자극할까 봐 조용히 차에서 내려 이 무시무시한 광경을 고프로로 몰래 촬영하려고 했다. 뜻밖에도 상인의 태도는 당당했다. 심지어 마음껏 찍어도 된다는 뜻으로 손으로 오케이 사인까지 만들어 보였다.

"이거 진짜 곰이에요?"

나는 뻔히 알면서도 물었다.

"물론이죠. 진짜 곰 가죽이에요. 만져보세요."

나는 차 보닛 위에 펼쳐 놓은 곰 가죽을 어루만졌다. 가슴이 바로 시큰해졌다. 1만 5천 루블(한화 약 30만 원)이라 했다. 이 돈이면 곰 가죽 한 장을 통째로 살 수 있을 뿐만 아니라 흥정도 가능했다. 어린 곰의 박제는 1만 8천 루블(한화 약 31만 원), 어른 곰은 2만 5천 루블(한화 약 42만 원)이었다. 길가에 세워진 불곰 무덤. 이곳에서 생명을 저울에 달아 매긴 가격은 참으로 저렴했다. 이미 목숨을 잃었지만 불곰 박제의 표정이며 자세, 공포와 슬픔에 휩싸여 순간적으로 얼어붙은 표정이 너무나 생생해 가슴이 절로 아파 왔다. 러시아에서는 불곰을 사냥하고 곰 가죽 제품을 파는 게 전부 합법이라지만, 나는 슬픔을 금할 수가 없었다. 파제트노프 일가는 온 힘을 다해 불곰을 구조했는데……. 보전 속도는 파괴 속도를 영영 따라잡지 못하는 걸까?

불곰이 마주한 가장 큰 생존 위기에는 합법적인 사냥뿐만 아니라 서식지의 소멸도 포함돼 있다.

"우리는 곧 숲을 잃게 될 거예요. 이게 진정한 재난이죠."

한번은 카탸가 우리를 데리고 새끼 곰의 잠자리에 쓸 톱밥을 사러 차로 1시간 거리에 있는 작은 마을로 갔다. 가는 도중에도 나무를 실은 대형 화물차 여러 대가 쌩쌩 지나갔다. 우리는 중간에 차를 세우고 나무를 운송하는 차량을 촬영하려고 했다. 차 안에 있던 험상궂은 남자는 불쾌했는지 차창 밖으로 손을 내밀어 카메라 렌즈를 가로막으며 버럭 소리쳤다.

"찍지 마!"

러시아의 삼림은 지구의 삼림 중 4분의 1에 해당하며, 아마존 정글보다 훨씬 넓다. 세계의 허파라고도 할 수 있는 이 삼림은 아시아와 유럽을 가로지르며 1천 2백만 제곱킬로미터나 펼쳐져 있는데, 이는 미국과 인도를 합친 면적보다 훨씬 넓다. 이중 매년 벌목으로 2만 제곱킬로미터가 넘는 임지가 사라지고 있는데,

이는 이스라엘 면적과 비슷하다. 여기서 나오는 이익은 2백억 달러나 된다.

"벌목을 하는 사람들은 돈만 잘 벌린다면, 어떤 대가를 치러야 하는지는 고려하지 않아요."

카탸는 무척 걱정했다.

인류의 욕망은 곰의 서식지를 끝없이 잠식해 가고 있다. 이대로 가다가는 어느 날 불곰이 보호소를 떠나 야생으로 돌아가려 해도 돌아갈 집이 아예 없을지도 모른다. 인류가 생물종 하나를 멸종시키기는 아주 쉽다. 하지만 보전하고 복원하는 데는 몇 배의 노력을 기울여야 한다. 한 가족이 생물종 하나의 운명을 바꾸려고 노력하고 있다. 바보처럼 들릴지 몰라도 파제트노프 일가는 후회나 두려움 없이, 생물과 생태계에 아무런 보답을 바라지 않고 아낌없이 희생하고 있다.

나는 노교수와 한 약속을 지켰다. 불곰 고아의 처지를 지구의 반대편에 있는 시청자에게 알리기 위해 불곰 고아원과 사냥꾼에서 곰의 수호자로 삶을 바꾼 파제트노프 일가의 이야기를 한 시간짜리 프로그램에 고스란히 담았다. 또 러시아에서 가져온 특산품을 대만흑곰보전협회에 감사의 뜻을 담아 선물하고, 불곰의 아버지가 새끼 곰을 돌보고 야생 방사한 비결과 경험도 나눴다. 이는 내가 진심으로 하고 싶은 일이었다. 우리의 프로그램을 통해 국제 보전 교류의 장을 만들고, 서로의 눈을 빌려서 배움을 주고받고 지구를 위해 함께 노력하는 것.

*

불곰 고아원 이야기가 방송되고 몇 달 후인 2018년 7월, 대만에서는 '난안 새끼 곰 사건'이 발생했다. 이는 대만 동물 보전 역사상 처음으로 야외에서 어미를 잃은 새끼 곰을 구조하고 치료해서 야생 방사한 사건이다. 화롄시에 있는 난안 폭포에서 어미와 떨어진 새끼 흑곰이 도로를 건너고 있다는 소식이 전해졌다. 처음에 생태관리원은 흑곰 어미가 새끼를 찾으러 돌아오리라는 희망을 품고 있었다. 그러나 당시 생후 두서너 개월밖에 안 된 새끼 흑곰은 몸이 점점 약해지고 있었다. 심지어 너무 굶주린 나머지 관광객이 버린 쓰레기와 담배꽁초로 배를 채우기까지 했다. 그때 나는 직감했다. 어미 흑곰은 돌아오지 않을 것이라는 것을. 불곰의 아버지가 알려준 바에 따르면, 위험에 맞닥뜨렸을 때 어미 곰은 상황을 판단하는데 새끼 곰의 생존 기회가 희박하다는 걸 알아차리면 아이를 버리고 다시 새끼를 밴다고 한다.

2주가 지났지만 역시 어미 흑곰은 새끼를 찾으러 돌아오지 않았다. 새끼 흑곰 메이아는 결국 흑곰 엄마로 알려진 국립핑둥과학기술대학 야생동물보호소의 메이슈가 돌보기로 했다. 9개월 동안 먹이 찾기, 둥지 만들기, 사냥하기, 적 피하기를 포함한 야생화 훈련을 거친 메이아는 순조롭게 산림으로 돌아갔다. 야외에 설치해둔 자동카메라에는 메이아의 건강하고 평화로운 모습이 찍혀 있었다. 이토록 귀중한 야생 방사 사례에 나 역시 운좋게 작게나마 참여할 기회가 있었다. 메이아가 빠르게 피하는 훈련을 할 때 내가 악당 역할을 맡아 폭죽을 터트렸던 것이다.

운 좋게도 메이슈는 나에게 악당 역할을 배정해줬다. 곰이 인류를 싫어하고 거리를 두게 해야만 나중에 야생에 돌아갔을 때 자신을 온전히 지킬 수 있기 때문이다. 악당 역할을 하는 것쯤이야 당연히 문제없었다. 그러나 내가 이날 이때까지 살면서 폭죽을 터트려 본 적이 한 번도 없다는 게 문제였다. 나는 가느다란 스파클라 폭죽에도 불을 붙이지 못하는 소심쟁이였다. 예전에 어느 행렬을 취재하러 갔다가 폭죽에 한바탕 혼쭐난 뒤로는 폭죽을 무서워하게 된 것이다. 결혼식 날조차도 제발 폭죽을 터트리지 말아 달라고 신신당부했을 정도였다. 그러나 호언장담한 이상 싸움을 앞두고 도망칠 수는 없는 법. 나는 전투에 뛰어들기 전에 벼락치기로 공부했다. 카메라맨 동료들이 폭죽에 불을 붙이는 법과 몸에 불꽃이 튀지 않게 폭죽을 던지는 법 등을 가르쳐 줬다. 나는 공터에서 몇 번이나 연습해서 자신감을 키운 뒤 온갖 폭죽이 든 자루를 짊어지고 마치 움직이는 화약고와 같은 자세로 흑곰 훈련장에 뛰어들었다.

메이슈는 나에게 나무 밑에 짧은 폭죽을 던지고, 연발 폭죽을 많이 터트리라고 무전기로 지시했다. 또 유리병을 들고 하늘을 향해 쏘는 로켓형 폭죽도 터트리게 했다. 폭죽을 터트려서 새끼 곰이 나무 밑으로 내려오지 못하게 하는 거였다. 나는 바들바들 떨면서도 불을 붙이자마자 폭죽을 던졌다. 동시에 한 손으로는 계속 귀를 막느라(나도 폭죽 소리가 무서웠다.) 애썼다. 결국 도저히 보다 못한 카메라맨들이 내 손에서 폭죽을 빼앗아 터트리면서 촬영했다.

나중에 증명됐지만, 빠르게 피하기 훈련에서 가장 겁을 먹은 건 곰이 아니라 바로 나였다.

그동안 〈지구의 고아〉를 제작하며 나는 종종 동물의 야생 방사 과정에 참여했다. 불곰에서부터 흑곰, 나무늘보, 삵, 나중에는 가면올빼미, 천산갑, 들고양이고래까지……. 새로운 생물종을 만날 때마다 매번 다른 감정을 느끼고 두근거리고 감동했다. 러시아의 불곰 아버지와 대만의 흑곰 엄마, 이 두 사람은 멀리 떨어져 있지만 희생하려는 마음가짐은 이토록 비슷했다. <지구의 고아 – 곰의 나라> 시리즈를 통해 나는 세계 각국의 곰 보전과 곰이 처한 위기를 한데 묶어 <곰의 나라: 사냥당하는 불곰>과 <곰의 나라: 대만흑곰의 생존 보호를 위한 전투>, <곰의 나라: 북극곰의 세기말 멸종 카운트다운>이라는 프로그램을 제작해서 방송했다.

불곰의 아버지와 흑곰 엄마는 그 과정들을 늘 지지하고 응원해줬다.

그 후,
기린의 눈물을 보다

시리즈식의 기록과 보도는 교육적 가치가 풍부하다는 걸 절감한 나는 〈곰의 나라〉 시리즈 방송을 마친 뒤 〈고양이의 실종〉 시리즈 제작에 들어갔다. 세계 각지에 있는 고양잇과 동물들이 줄어드는 원인을 탐구하는 내용이었다. 이 시리즈를 위해 2년에 걸쳐 3개 대륙을 취재했고, 〈고양이의 실종: 추락한 신, 위기에 빠진 재규어를 구하라〉, 〈고양이의 실종: 삵의 삶과 죽음〉, 〈고양이의 실종: 백수의 왕 심바의 마지막 싸움〉을 제작했다.

우리는 지구에서 가장 큰 습지, 남아메리카 브라질의 판타나우 습지로 가서 아메리카에서 가장 큰 고양잇과 동물인 재규어 탐사를 시작했다. 곧이어 대만 삼림으로 돌아가서 인류와 삵의 공생 관계를 조명했다. 마지막으로는 아프리카로 날아가 고작 40년 사이에 사자의 90퍼센트가 사라져버린 비밀을 밝혀냈다.

왜 하필 '고양이'라는 주제를 선택했는가? 고산에서 초원, 습지에서 사막에 이르기까지 지구상에 있는 거의 모든 유형의 생태계에는 고양잇과 동물이 존재한다. 문제는 이들의 생존 영역이 인류가 사는 고도와 겹치는 바람에 가장 강렬하면서도 복잡한 충돌이 벌어진다는 것이다. 그 결과, 지구에 현존하는 40종의 고양잇과 동물 중 절반 이상이 멸종 위기에 처해 있다. 먹이사슬의 최정상에 서 있는 생물종인 고양이의 실종은 우리가 처한 환경에 거대한 변화가 일어나고 있다는 것을 뜻한다. 국제자연보전연맹에서도 고양잇과 동물을 위기 등급에 올리고, 이를 지구의 중대한 위기로 간주하고 있다. 생각해보자. 습지에 재규어가 없고, 숲에 삵이 없고, 초원에 사자가 없고, 심지어 코뿔소, 코끼리, 기린도 없다면 우리에게 도대체 무엇이 남을까? 다른 생물종의 멸종에 뒤따르는 생태계의 반격에 인류라고 무사할 수 있을까?

40종의 고양잇과 동물을 언제쯤이면 다 찍을 수 있을까? 이 목표가 좀 현실적이지 못하긴 하다. 지금 단계에서는 시간, 인력, 비용이 전부 부족하니까. 유일하게 충족하는 것이라고는 열정과 투지다. 고집에 가까운 관철이야말로 앞으로 계속 나가는 데 필요한 가장 큰 연료이자 원동력이다. 이는 우리가 불가능 속에서 더욱 많은 가능성을 만들 수 있게 해줄 것이다.

*

마치 올해 3월처럼 말이다. 어디서 용기가 났는지는 몰라도 나와 촬영팀은 아프리카 케냐의 마사이마라 국립보호구에서 사자를 촬영했다. 마침 새끼 사자의 출생이 최고조를 이루는 시기여서 촬영하기에는 좋았지만, 문제는 당시 코로나19가 막 확산되기 시작한 시기였다는 것이다. 감염자 대부분은 아시아에 집중돼 있었고, 북아프리카에서의 확진 사례는 고작 3건이었다. 케냐에서는 아직 발견된 사례가 없었다. 나는 과학적인 데이터를 갖고 두 카메라맨을 안심시켰다. 그러나 시기가 시기인 만큼 가족과 친구들은 모두 반대표를 던졌다. 하지만 나는 사자를 아직 찍지 않은 게 마음에 걸렸다. 결국 우리는 원래 계획대로 출발했다. 이성과 감성이 싸우기는커녕 우리 셋의 의견이 일치했던 덕분이다. 비록 케냐 보호구에서 촬영 허가를 받는 데도 한참 걸렸고, 미리 지급한 촬영 비용도 장난이 아니었지만…….

우리는 주머니와 배낭, 트렁크에 온통 마스크를 쑤셔 담았다.

알코올도 몇 병이나 챙겼다. 잔뜩 싸 짊어지고 가서 전부 쓰고 올 작정이었다. 막상 타오위안 국제공항에 발을 들이자마자 우리는 두 눈을 의심했다. 텅 빈 공항 대합실, 텅 빈 체크인 데스크라니. 내 평생 공항이 이렇게 휑뎅그렁한 건 처음 봤다. 출국 심사대를 이렇게 빨리 통과한 것도 사상 최초였다! 항공사 데스크 직원은 산더미 같은 촬영 장비를 보자 호기심에 차서 물었다.

"이런 때 아프리카에는 무슨 일로 가세요?"

"사자를 찍으러 가요."

마스크를 두 겹으로 끼고 있어 내 목소리는 불분명하게 들렸다.

"그렇군요."

딱히 세상을 놀라게 할 만큼 감동적인 사연은 아니었으므로 그는 조금 실망한 듯했다.

사실 공항에 들어간 순간부터 나는 두 겹으로 낀 마스크를 절대 벗지 않았다. 비행기는 텅 비어 있어서 마치 전세기를 탄 듯했지만 그래도 여전히 마스크를 단단히 끼고 있었다. 자리에 앉기 전에는 의자, 테이블, 팔걸이 등에 알코올을 꼼꼼하게 뿌리고 싹싹 닦았다. 손이 닿을 만한 부분이라면 완전히 소독하는 유별난 모습에 승무원들은 흘끔거리며 곁눈질했다. 우리는 방콕에서 환승했는데, 나는 환승하는 도중에도 마스크를 단 한순간도 벗지 않았다. 또 비행기 탑승 전에 겉의 마스크를 새로운 것으로 바꿔 끼면서 교차 오염을 신경질적으로 걱정했다. 첫 번째 비행 여정인 대만에서 방콕으로 가는 몇 시간은 그럭저럭 참을 만했다. 그러나 두 번째 여정인 방콕에서 케냐 나이로비 공항까지는 무척 고통스러웠다. 십여 시간 동안 먹지도, 마시지도, 싸지도 않았다. 이러다가 곧 질식할 것 같아서 최대한 빨리 잠들려고 노력했고, 일부러 안대까지 썼다. 자는 도중 무의식적으로 눈을 비볐다가 감염되는 걸 막기 위해서였다. 한참 난리를 친 끝에 아프리카에 도착했다. 에볼라바이러스 등급의 방호복을 입은 검역원이 비행기에 타더니 모두에게 내리지 말라고 했다. 비행기에 탄 사람들은 체온을 측정하고, 여권 검사가 끝난 다음에야 비행기에서 내릴 수 있었다.

수속을 마치고 나오자 우리를 마중나온 해설가가 보였다. 그는 완전무장한 우리의 모습을 보더니 크게 웃었다.

"하하! 이젠 마스크 벗어도 돼요! 다들 깜짝 놀랐을걸요!"

지금 돌이켜보니, 케냐 공항에서 두 겹으로 마스크를 끼고 알코올을 뿌렸던 일은 확실히 눈총을 받을 만했다. 게다가 바이러스에 대한 무지 때문에 애꿎은 아시아인에게 불똥이 튀었다. 바이러스를 대수롭지 않게 취급하는 사람은 스스로 조심하려는 사람을 한심하게 봤다. 이런 일들을 통해 팬데믹 전보다도 사람들의 심성과 인성이 더욱 적나라하게 드러났다.

대만으로 돌아오고 일주일이 지나자 아프리카에도 바이러스가 만연하기 시작했다. 케냐 국가보호구 순찰원은 통신 소프트웨어를 통해서 나에게 알려줬다. 우리가 마지막 방문객이었다고. 우리가 떠난 뒤 국가보호구도, 국경도 폐쇄됐다. 우리가 무사히 건강하게 돌아오게 해주고, 귀중한 장면을 찍게 해준 신에게 감사한다.

*

몇 년간 〈지구의 고아〉를 촬영하며 코끼리의 눈물도, 코뿔소의 눈물과 흑곰의 눈물도 촬영했지만, 기린의 눈물은 특히 다르게 다가왔다. 5미터나 되는 기린 한 마리가 우리 차 앞에 버티고 서더니 눈물을 비 오듯 펑펑 흘리는 것 아닌가. 자세히 보니 기린의 목에는 끊어진 철사가 걸려 있었고, 눈물이 날 만큼 꽉 조이고 있었다. 차를 가로막은 건 우리더러 도와달라는 뜻이겠지! 밀렵꾼은 나무에 철사를 묶어 놓고, 기린이 다가와서 나뭇잎을 뜯어 먹다가 철사에 걸려서 목이 졸리고 질식해서 사망하기를 기다린다.

기린을 밀렵해서 뭘 하려는 걸까? 먹기 위해서다. 진짜로 기린을 먹는 사람이 있고, 그 숫자도 많다. 야생동물 고기 때문에 아프리카의 기린 숫자는 과거 30년 동안 40퍼센트나 줄었다. 특히 케냐의 마사이기린은 인류에게 잡아먹히는 바람에 멸종이 임박했다. 마사이기린의 절반 이상이 사라졌고, 멸종까지는 단 한 발짝 남았을 뿐이다. 2019년 국제자연보전연맹에서는 마사이기린을 '위기' 등급으로 발표했다. 어쩌면 위기에 몰릴 때까지 잡아먹혔다는 게 맞을 것이다. 기린이 소리를 내는 경우는 매우 적다. 어느 과학자의 묘사에 따르면, 아프리카 초원에서 오랫동안 살아왔던 이 거대한 짐승은 소리도 없이 멸종했다.

지금 우리의 눈앞에서 눈물을 흘리는 가엾은 기린은 함정에서 빠져나온 얼마 안 되는 행운아였다. 나는 눈물이 그렁그렁한 눈을 마주 보자 가슴이 아파서 말은커녕 숨조차 쉬기 힘들었다.

"미안해……."

나는 기린에게 사과했다. 우리 인류 때문에 이렇게 큰 고통을 받는구나. 인류 때문에 코뿔소는 뿔을 뽑히고, 흑곰과 삵은 올가미에 걸려 발을 잘리고, 코끼리는 쇠사슬에 쓸려 피부가 찢어지고, 기린은 산 채로 목 졸려 죽고 살이 베어진다……. 부디 동물에게 가하는 혹형을 멈추기를, 동물의 눈물이 그치기를!

우리는 당직 순찰원에게 즉시 연락했다. 그러나 순찰원이 수의사를 데리고 돌아왔을 때는 이미 기린이 종적을 감춘 뒤였다. 그 뒤로도 며칠 동안 순찰대는 수색을 계속했고, 일주일 만에 드디어 녀석을 찾아냈다. 순찰대는 입으로 부는 마취 총으로 녀석을 마취하고, 기린의 목에 걸린 끊어진 철사를 순조롭게 제거했다. 잠에서 깬 기린은 가벼운 발걸음으로 풀쩍풀쩍 뛰며 떠났다. 국가보호구의 순찰대장 앨프리드에게 무척 감사한다. 대만에 돌아온 뒤에도 나는 매일 전화해서 기린을 찾았는지 물어보며 그를 들볶았다. 앨프리드는 팀을 이끌고 잠도 제대로 자지 못하며 며칠 내내 기린을 수색했다. 그가 기린을 찾았다는 소식과 사진을 전해줬을 때 나는 그 자리에서 눈물을 펑펑 흘렸다. 너무 기쁜 나머지 잠도 오지 않았다. 며칠 내내 끙끙 앓으며 걱정했는데 드디어 지구 반대편에서 좋은 소식이 온 것이다.

케냐의 나무와 땅에 설치된 철사 트랩은 제거해도 끝이 없다. 앨프리드의 사무실 옆에 있는 골방에는 수거한 덫이 5만 개나 쌓여 있다. 이 철사 무더기는 161센티미터인 내 키보다도 훨씬 높았다. 이는 전부 순찰대가 몇 년 동안 이 국가보호구 안에서 발견해 제거한 거였다. 이 철사들을 제거하지 않았다면, 동물 5만 마리가 피해를 봤을 것이다. 이렇게 생각하자 온몸이 오싹해져 전율이 일었다.

그날을 다시 더듬어 보면 기린은 우리의 차를 가로막고 비키지 않으려고 했다. 나는 기린이 우리를 통해 전하고 싶은 메시지가 있었다고 진심으로 믿는다. 그래서 눈물을 흘리는 기린 이야기를 내 페이스북에 올렸다. 이 게시물은 고작 며칠 만에 1만 1천 회 공유되었고, 인터넷 밈이 되어버렸다. 그 말인즉 수많은 독자가 내 글을 통해 기린이 잔인하게 도살돼 지구에서 조용히 사라지고 있다는 사실을 보게 되고 알게 됐다는 뜻이었다. 사실은 게시물을 업로드한 그날, 홍콩과 싱가포르의 매스컴에서 인터뷰 요청이 왔다. 그뿐만 아니라 영국부터 마케도니아까지 여러 나라 매스컴에서도 기린이 눈물을 흘린 사연에 관해 인터뷰하고 보도했다.

'기린이 눈물을 흘린 사건을 대만 EBC 방송국 프로그램 〈지구의 고아〉 진행자 바이 신이가 공유했다.'

방송국이나 다큐멘터리 팀에서 기린이 눈물 흘리는 순간을 포착한 경우는 거의 없었다고 한다. 그래서 국제 매스컴에서도 관심을 보이지 않았을까. 기린이 눈물을 흘리는 광경을 볼 때는 더할 나위 없이 가슴 아팠다. 하지만 기린이 밀렵으로 살해당하는 진상에 세계가 관심을 보이고, 더욱 많은 양심을 일깨웠으니 불행 중 다행이었다.

제4장

스리랑카
코끼리 고아원

코끼리를 지키는 가족

지난 몇 년간 방문했던 보호소, 고아원, 수용센터는 모두 민간에서 비롯되었고, 한 사람 또는 한 가족이 운영했다. 스리랑카의 작은 마을에 있는 한 가족도 그러했다. 세계에 호소함으로써 아시아코끼리의 운명을 바꾸었다.

예전에 부모님이 스리랑카에 갔다가 아시아코끼리 나무 조각상을 사 온 적이 있다. 코스타리카에서 사 온 왕부리새 인형처럼 이 기념품들 역시 언제부터 선반에 놓아뒀는지도 기억이 가물가물하다. 그러나 오랜 시간이 흘러 아버지가 세상을 떠난 뒤, 나와 아시아코끼리도 인연을 맺게 됐다.

2천 6백만 년 전의 지구에는 코끼리가 350종이나 존재했지만 지금은 아프리카코끼리와 아시아코끼리 두 종만 남았다. 아시아코끼리의 체형과 귀 크기는 아프리카코끼리보다 작다. 아시아코끼리의 귀와 머리를 포함한 신장은 최고 6.5미터, 체중은 최대 4천 킬로그램까지 나간다. 반면 아프리카코끼리는 7.5미터까지 자라며 7천 킬로그램까지 나간다. 아시아코끼리는 성질이 온순하고 훈련하기도 쉬워서 인류에게 길들여진 지 몇천 년이나 됐다. 그로 인해 아시아코끼리는 인류의 전쟁, 농업, 벌목, 종교, 오락에까지 말려들고 말았다. 코끼리의 숫자는 아시아 인구 증가와 함께 점점 줄어들었고, 멸종 위기에까지 몰렸다.

밀렵, 벌채, 서식지 축소, 기후 변화, 가뭄과 기근 등으로 인해 코끼리는 평균 15분마다 한 마리씩 사망하고 있으며, 전체 코끼리의 5분의 1은 고아나 마찬가지다. 과거 백 년 동안 아시아코끼리의 90퍼센트가 사라졌다.

2017년 2월 나는 전 세계에서 아시아코끼리가 가장 밀집해 있는 나라인 스리랑카를 취재하기로 했다. 코끼리 무리가 대량으로 사라져버린 비밀을 풀고 싶었다.

예전에는 '실론'이라는 이름이었던 스리랑카는 인도양에 외로이 매달린 불교 국가로 사람들도 상당히 온화하다. 하루는 길모퉁이에 서서 차를 기다리고 있었는데 길가에 앉아 담소를 나누던 할아버지가 자리를 양보하며 앉아서 기다리라고 손짓했다. 낯선 사람에게 보여준 이 호의가 얼마나 소중한가!

우리의 이번 목적지는 케골이라는 작은 마을이었다. 스리랑카의 서남쪽에 있는 케골은 수도 콜롬보에서 차로 약 2시간 반 걸리는 곳이었다. 케골의 쿠루웨 족 사람들은 천 년 전부터 코끼리와 머하웃*을 훈련했다.

케골 마을의 사마라싱헤 가족은 1960년대에도 코끼리를 키웠는데, 당시의 주인이었던 샘은 동물을 무척 좋아했다. 샘이 세상을 떠난 뒤 자손들은 아버지의 명의로 '밀레니엄 코끼리 재단'을 설립했다. 또 자기네 땅 15에이커(약 1만 8천 평)를 내놓아서 코끼리 수용센터를 만들었다. 그들은 이곳에서 지구에 5만 마리도 채 남지 않아 멸종 위기에 처한 아시아코끼리를 구조, 보호, 보전하고 있다. 그리하여 지난 20년 동안 80마리가 넘는 코끼리를 돌봤다.

수용센터의 프로젝트 매니저 제이드는 미국에서 온 괴짜였다. 쫑쫑 땋은 머리에 맨발로 다녔으며 옷차림도 상당히 자유분방했다. 일 년 내내 덥고 습한 나라에서 신발도 신지 않으면 땅을 밟을 때 뜨겁지 않을까? 게다가 길이 평탄하지도 않고 땅바

* mahout, 코끼리를 타고 훈련하는 등 코끼리를 부리는 사람.

닥이 깨끗하지도 않은데…….

"맨발로 다니는 게 얼마나 좋은데요!"

제이드는 깔깔대며 말했다. 일단 익숙해지기만 하면 신발 신던 때로는 돌아갈 수 없단다.

"우릴 어떻게 찾아냈어요? 외국 매스컴에서는 보통 다른 코끼리 고아원으로 가던데요!"

제이드는 호기심을 보였다. 광고를 하지 않으므로 알려지는 일도 드물다고 했다. 나는 많은 자료를 찾아보고 알게 됐다고 대답했다. 수용센터는 관광을 목적으로 하는 곳이 아님을 잘 알고 있고, 인지도보다는 감동적이고 존경스러운 사마라싱헤 가족의 이야기가 더욱 중요하다고 말이다.

*

촬영 준비를 위해 장비를 세팅하고 있는데 현지 스태프가 와서 제이드에게 자기는 '페라헤라*'를 보러 갈 거라고 말했다.

"페라헤라요!"

이 말을 듣자 나는 감전되기라도 한 것처럼 벌떡 일어났다.

"어디요? 어디서 하는데요?"

* 음력 7월에 부처가 깨달음을 얻고 가르침을 전파한 것을 기념하여 펼쳐지는 축제.

"콜롬보요."

"콜롬보라고요! 세상에, 방금 막 콜롬보에서 왔는데!"

곧바로 이성과 감성이 싸우기 시작했다. 여기서 되돌아가려면 또 대여섯 시간이나 차를 타고 가야 했다. 그러나 돌아가지 않는다면 찍고 싶어도 찍지 못할, 이 천재일우의 장면을 놓치게 될 것이다. 페라헤라는 부처의 치아인 불아佛牙를 모시고 순례하는 행사다. 나는 스리랑카 중부의 불교 성지 '캔디'에서 매년 7, 8월에 불아 사리를 모시고 순례한다는 사실은 알고 있었다. 그런데 2월의 콜롬보에서도 보름날에 페라헤라가 열린다니. 이건 인터넷에도 나오지 않은 정보였다. 그런데 우리가 도착한 그날이 마침 보름이었다.

"가고 싶으면 가자고!"

훌륭한 두 파트너는 카메라맨들을 고생시키고 싶어 하지 않는 내 마음을 간파했다.

"가자! 기왕 여기까지 왔는데!"

나는 당장 콜롬보로 간다는 스태프와 상의해서 그의 차를 얻어 타기로 했다.

"괜찮아요? 근데 제 차가 무척 작거든요. 왔다 갔다 하느라 차 안에서 6시간은 끼어 있어야 할 텐데, 무척 불편할 거예요."

"괜찮아요. 갔다가 돌아올 수만 있으면 다른 건 아무 상관없어요!"

아무리 불편해도 참아야만 했다. 지금 당장 어디서 차를 구한단 말인가! 우리는 그의 조그만 차에 촬영 장비를 쑤셔 넣고 간신히 트렁크를 닫았다. 이렇게 또다시 콜롬보로 질풍처럼 달려갔다. 행사가 시작하기 30분 전에 도착하니 길가에는 참례하러 나온 인파로 가득했다. 머하웃들은 행렬에 참가할 코끼리들을 마지막으로 단장하고 있었다. 즉흥적으로 오느라 우리는 사전에 촬영 허가를 받지 못했다. 도둑이 제 발 저린다고, 뒤쪽에서 요리조리 몸을 숨기며 서 있을 수밖에 없었다. 나중에는 다른 방송국의 취재팀 사이에 슬그머니 끼어들었다. 관리들이 늘어서 있는 관람대까지 나갔더니 각도도 만점이었다! 관람대 옆에는 치안을 유지하는 군경들이 잔뜩 늘어서 있었다. 우리는 봉변을 당하는 대신, 호의에서 나온 충고를 들었다.

"코끼리에게 밟히지 않게 조심해요."

역시, 가장 위험한 곳이 가장 안전한 곳이라더니.

드디어 어둠이 내리고 채찍을 쥔 무리가 선두로 나왔다. 그들은 채찍으로 땅을 내리쳐 큰 소리를 냄으로써 사악한 기운을 쫓고 길을 열었다. 뒤이어 춤추는 사람, 북 치는 사람, 불 뿜는 사람, 기예를 펼치는 사람이 나오면서 분위기를 뜨겁게 달궜다. 마지막으로는 오늘의 진짜 주인공인 화려한 옷을 입은 코끼리가 한 마리씩 줄을 지어 나왔다. 불아와 사리를 모신 감실*을 등에 짊어진 코끼리 왕은 금빛과 은빛으로 번쩍이는 옷을 걸치고 반짝이는 전구와 꽃으로 치장해 가장 영광스럽고 존귀해 보였다. 페라헤라 행렬에 뽑히는 건 코끼리에게는 비할 데 없는 영광의 상징이다. 그러나 이 화려한 가면 뒤에는 4천 년이 넘도록 인류에게 길들여졌던 아시아코끼리의 역사와 숙명이 감추어져 있었다.

* 龕室, 불교 · 유교 · 가톨릭 등 종교에서 신위(神位) 및 작은 불상 · 초상, 또는 성체(聖體) 등을 모셔둔 곳을 말한다.

버려진 노동 코끼리의 슬픈 노래

콜롬보에서 코끼리 행렬을 찍고 케골로 되돌아왔을 때는 한밤중이었다. 다음 날 새벽, 우리는 약속 시각에 맞춰 수용센터로 갔다. 제이드는 나를 보자마자 소리쳤다.

"안 피곤해요? 미쳤군요!"

미친 건가? 좀 그런 것 같기도 했다. 하지만 좋은 장면을 건지기 위해서라면 미칠 만도 했다.

제이드는 센터에 수용된 코끼리를 소개해줬다. 다들 하나 같이 아픈 과거를 갖고 있었다. 란메니카는 우물에 빠진 고아였는데 농부가 기른 뒤 리조트로 보내 관광객을 태우게 됐다. 란메니카는 다른 암컷 코끼리보다 유난히 마르고 왜소했다. 오랫동안 코끼리 안장을 짊어져서 관절에는 혈종이 생겼고 자궁도 훼손됐다. 늘 웃음을 띤 것처럼 보이는 라니도 마찬가지로 고아다. 라니는 숲에서 어미와 떨어졌다. 여섯 살 때 스리랑카 대통령이 사원에 선물한 뒤로는 밤낮으로 사원 기둥에 묶여 살았고, 사원이 더는 라니의 양육을 부담할 수 없게 되자 겨우 자유를 되찾았다. 카바리도 사원에서 일했었다. 카바리의 상아는 희소하게도 엇갈린 모양으로 돋아 있어 에살라 페라헤라 때마다 코끼리 왕 역할을 맡았다. 그러다 한번은 계단에서 떨어지는 바람에 다리가 부러졌는데, 당시 스리랑카가 내전 중이라 치료를 받지 못해서 영구 장애로 남고 말았다. 또 새내기 로저도 있다. 며칠 전에 수용센터에 들어왔는데 늘 나무 뒤에 숨어 있었다. 로저는 평생 숲에서 나무를 운반하느라 이가 다 닳아버렸다.

"벌목상이 밧줄로 나무를 묶어 두면 코끼리가 밧줄을 끌어당겨 운반해요. 오랫동안 밧줄을 물고 다니다 보면 이빨이 빠져 버리죠. 그러면 먹이를 씹을 수가 없으니 배불리 먹지 못하고, 몸이 점점 약해져 영양실조로 죽게 돼요."

제이드가 말해줬다. 노동 코끼리를 기르는 주인들은 애초에 코끼리를 돌보는 데 돈을 쓰지 않는다. 비용을 지불할 능력이 없는 것이다. 코끼리가 병이 나거나 늙더라도 주인은 계속 나무를 운반시키고, 관광객을 태운다.

"이런 노동은 전부 코끼리를 해치는 일이에요. 다들 죽을 때까지 일해야 하죠."

"여기 온 코끼리 대부분은 얼마 안 돼 죽어요. 너무 늦게 온 거죠. 치료해 보기도 전에 죽은 코끼리가 최소 25마리는 돼요. 또 나이가 너무 많거나 병이 너무 깊거나……. 여기 왔을 때는 너무 늦었죠."

푸자의 발은 날카로운 나뭇가지에 베어 상처가 난 데다가 심하게 감염돼 커다란 고름집까지 생겼다. 수의사는 고름집을 째서 치료하기로 했다. 3톤짜리 거대한 동물이 얌전하게 진료를 받게 하기 위해서 과자와 머하웃을 동원해 당근과 채찍 작전을 썼다. 메스로 몇 번 긋자 흰 고름이 크림처럼 왈칵 뿜어져 나왔다. 푸자는 너무 고통스러운 나머지 울타리에 엎어지고 말았다. 코끼리와 사람이 한바탕 실랑이한 끝에 수술은 가까스로 끝났다. 푸자는 서러운 표정으로 과자를 우적거리며 자기 집으로 돌아갔다. 이곳에서는 코끼리가 각자의 집을 갖고 있고, 문 앞에는 이름이 적힌 팻말도 걸려 있다.

"여긴 원래 반다라의 집이었어요."

제이드가 텅 빈 곳을 가리켰다.

"바로 얼마 전에 주인이 데려가버렸는데 다시 돌아올 수 있을지 모르겠네요. 참 속상해요."

수용센터의 코끼리는 주인이 언제든지 데려갈 수 있고, 수용센터에서는 이를 거절하기는커녕 상의할 여지조차 없다. 이는 스태프들이 가장 안타까워하는 부분이었다.

"수용센터에서는 어떤 식으로 코끼리를 구조하나요?"

"우리는 코끼리를 돌보는 대가로 매달 코끼리 주인에게 돈을 주고 있어요. 코끼리 주인에게는 코끼리가 벌어오는 돈이 필요하니까요. 그래서 우리가 코끼리 주인에게 돈을 주고, 머하웃의 품삯이나 코끼리의 먹이, 의료 비용까지 전부 지불해요."

제이드는 수용센터의 방식을 설명해줬다.

"아이들을 학교에 보내는 거랑 비슷하네요. 학비를 낼 필요가 없을 뿐만 아니라 오히려 학교에서 아이의 보호자에게 식대와 교과서 값을 포함한 모든 비용을 부담하는 것처럼요!"

"그 비유가 딱이네요. 바로 그래요. 우리가 코끼리를 데려오고 싶으면 그렇게 할 수밖에 없어요."

수용센터에서는 버림받고, 다치고, 노동 가치가 사라진 코끼리를 돌보고 치료하기 위해 코끼리 주인에게 비용을 지불해 이곳에 코끼리를 위탁하게 한다. 상식적인 논리에서는 완전히 벗어난 방식이다. 이렇게 불심佛心으로 찬 구조 단체가 있어 다행이었다.

"코끼리가 사고를 당해서 다치거나 버려지면 여기에서는 고아원처럼 코끼리들을 받아줘요. 우리가 할 수 있는 거라고는 이 코끼리들을 돕는 것뿐이죠. 그런데 우리도 어려움이 있어요. 어떤 코끼리 주인들은 코끼리를 대하는 방식이 우리와 다르거든요. 예를 들어 코끼리가 쇠사슬 없이 자유롭게 돌아다니면, 주인들은 불안해해요. 그래서 주인들과 소통하고, 새로운 관념을 교육하려고 노력하고 있어요."

센터에 있는 수많은 코끼리의 등에는 쇠사슬에 쓸린 상처가 있어 매일 약을 바르고 치료해야 한다. 주인의 반대 때문에 코끼리의 어깨와 발목을 쇠사슬로 묶어야 하기 때문이다. 또 쇠사슬을 풀어주더라도 낯설어하고, 무언가 허전한 느낌이 들어서 걷지 못하는 코끼리도 있다. 이들은 머하웃에게 쇠사슬을 걸어 달라며 연신 머리를 수그린다. 족쇄를 제거하는 일은 오랜 시간에 걸쳐 이루어져야 하는 혁명이다. 보이지 않는 쇠사슬은 보이는 쇠사슬보다 더욱 풀기 힘들다. 이는 인간이든 동물이든 모두 마찬가지다.

*

동남아시아 국가에서 코끼리 타기 체험은 매우 보편적인 관광 프로그램이다. 하지만 전통적인 방식으로 코끼리를 타려면 코끼리 안장 무게만 해도 최소 2백 킬로그램이 나간다. 게다가 안장에는 최대 7명까지 태운다. 코끼리 한 마리가 7백 킬로그램 이상의 무게를 감당하는 셈이다. 오랫동안 매일매일 관광객을 태우고 왔다 갔다 하다 보면 코끼리의 등뼈는 극도로 압박을 받고, 피부도 안장에 쓸리고 찢어져서 상처가 난다. 심각한 경우에는 내출혈까지 발생한다. 우리의 몰지각함 때문에 코끼리는 이토록 큰 고통과 상처를 받고 있다. 그래서 코끼리 수용센터에서는 '안장 쓰지 않기'라는 동물 친화적인 타기 방식을 적극적으로 추진하고 있다. 한 번에 3명 이상 태우지 않기, 12분 이상 태우지 않기, 이동 거리는 3백 미터를 초과하지 않기. 그밖에도 코끼리 타기를 산책으로 대체하도록 유도하려고 노력한다. 제이드는 말했다.

"코끼리를 타지 않더라도 코끼리와 함께하는 체험을 할 수 있어요. 코끼리와 함께 걸어보세요. 코끼리의 가장 자연스러운 모습을 보게 될 거예요!"

코끼리와의 산책은 매우 좋은 체험이었다. 아시아코끼리는 온순하고 귀여우면서도 지혜로운 동물이다. 행동을 자세히 관찰해 보면 매우 재미있다. 예를 들어 코끼리가 코를 입에 넣어 깨물고 있으면 생각하고 있다는 뜻이다. 인간이 생각에 잠겨 있을 때 손가락으로 머리카락을 돌돌 말거나, 손톱을 물어뜯는 것과 똑같다. 또 코끼리와 가까워지고 싶다면 목욕을 돕는 일도 훌륭한 선택이다.

이날 오후, 나는 소매와 바지통을 걷어붙이고 살리야의 등을 밀어줬다. 살리야는 사원에서 기르던 코끼리였다. 사원에서 살리야의 먹이를 더는 감당하지 못하자 수용센터로 보냈다. 나는 코코넛 껍질 조각으로 등을 싹싹 밀어줬다.

"그 정도로는 어림도 없어요! 그냥 간지러울 걸요."

머하웃은 코코넛 껍질을 빼앗더니 정확한 방법을 시범으로 보여줬다. 그가 하도 빡빡 밀기에 나는 깜짝 놀랐다.

"그렇게 세게 밀면 살갗이 쓸리지 않을까요?"

"그럴 리가요. 코끼리 가죽인데요!"

스리랑카의 국토 모양은 눈물 같기도 하고 진주 같기도 하다. 작은 마을의 한 가족은 사랑으로 코끼리의 눈물을 닦아 진주로 만들기 위해 20년간 노력해왔다. 그리고 이 노력은 지금도 계속되고 있다.

사람과 코끼리의 따뜻한 교류와 충돌

수용센터의 비용 지출은 상당히 막대하다. 코끼리 한 마리는 매일 음식 250킬로그램과 물 2백 리터를 먹어 치우므로 하루 식비만으로 약 2만 4천 스리랑카루피(한화 약 8만 원)가 필요하다. 센터에는 코끼리 일곱 마리가 있으니 몇십만 스리랑카루피는 너끈히 잡아먹는다. 게다가 수의사에게 정기적으로 진찰을 받는 비용까지 든다. 기부금과 자원봉사자의 지원이 없다면 도저히 유지해 나갈 수 없다.

모든 항목을 꼭 필요한 곳에만 지출하지만 절대 깎지 못하는 항목도 있다. 예를 들어 머하웃의 급료가 그렇다. 코끼리와 머하웃은 서로 공생하는 운명 공동체다. 코끼리의 평균 수명은 70살로 인류의 수명과 거의 비슷하다. 머하웃은 평생 코끼리 한 마리와 함께 살다가 죽는다. 누가 먼저 죽지 않는 한은 절대로 상대를 쉬이 떠나지 않는다. 수용센터에서도 코끼리와 머하웃 사이에 대체 불가한 유대감이 있다는 것을 알고 있으므로 자발적으로 급료를 지급해 머하웃을 잡아 둔다.

머하웃이 세상을 떠나면 코끼리도 안락사를 당하는 경우가 종종 있다고 한다. 코끼리가 평생 단 한 명의 머하웃만 인정하고 다른 사람을 받아들이려 하지 않기 때문이다. 또한 코끼리는 감정이 풍부해서 사망과 상실에서도 슬픔을 느낄 줄 안다. 락슈미의 머하웃은 몇 년 전 암으로 세상을 떠났다. 아침저녁으로 27년을 함께하던 가족이 갑자기 사라지자 락슈미의 눈빛은 쓸쓸함을 띠었고 새로운 머하웃을 받아들이지 못했다. 수용센터에서는 벌써 두 번이나 머하웃을 바꾸었지만, 락슈미는 여전히 사사건건 반항하고 어깃장을 놓을 뿐 아니라 코로 물을 뿜어서 심술을 부리기도 한다. 가장 최근에 온 머하웃인 칼루는 성격이 매우 좋고 성품도 순박하다. 매일 락슈미를 위해 기도하며 코끼리의 머리와 등을 토닥거려주고 중얼중얼 기도문을 왼다.

"락슈미가 잘 먹고 잘 자게 해주세요. 락슈미, 고생했어. 잘 자."

"락슈미는 다 알아듣는다니까요."

칼루는 락슈미가 자기를 받아들이리라고 믿는다.

그에 비하면 살리야는 훨씬 운이 좋다. 예전의 머하웃이 나이가 들자 그의 아들이 살리야를 이어받았다. 의학부를 졸업하고 병원에서 의료 스태프로 일하던 니로샨은 어릴 적부터 함께 자란 친형제 같은 코끼리를 위해 고향으로 돌아와서 가업을 잇기로 기꺼이 동의했다.

"살리야가 저한테 함께하자고 말했거든요. 아주 작은 소리로요."

니로샨은 코끼리의 미세한 표현과 표정을 이해한다.

"살리야는 이렇게 두드려주면 좋아해요. 작게 소리도 내고요."

"만약 다른 길을 선택할 수 있더라도 여전히 머하웃이 되는 길을 선택할 건가요?"

이 질문이 좀 통속적인 걸 뻔히 알긴 했지만 그래도 물어보고 싶었다.

"그럼요."

니로샨이 단호히 대답했다.

"병원에서는 환자를 돌보는 일을 책임졌어요. 그런데 전 코끼리와 함께 사는 게 좋아요. 게다가 아버지도 나이가 드셨고요. 또 이 코끼리를 사랑하니까 기꺼이 돌봐주면서 책임을 지고 싶어요."

니로샨은 영어가 유창했다. 스타일도 빼어난 데다가 마음 씀씀이도 세심했다. 그는 코끼리가 들고 다니면서 먹을 수 있도록 야자나무 잎을 막대기 모양으로 말아서 간식을 만들어줬다. 세속적인 기준으로 보자면 의과대학을 졸업하고 코끼리를 돌보는 건 닭 잡는 데 소 잡는 칼을 쓰는 것처럼 보이리라. 하지만 니로샨의 진지한 눈빛으로부터 그의 마음속에 후회도 미련도 없다는 것을 알아볼 수 있었다. 우리 같은 제삼자가 무슨 자격으로 그의 결단을 판단할 수 있을까?

*

아시아코끼리는 수컷 코끼리의 7퍼센트에게만 상아가 난다. 암컷 코끼리에게는 거의 상아가 나지 않는다. 이게 바로 아시아코끼리가 밀렵으로 멸종하지 않은 주요 원인이다. 아시아코끼리에게 닥친 가장 큰 위협은 서식지의 소실이다. 지난 세기부터 지금까지 서식지의 95퍼센트가 사라졌다. 숲이 대량으로 벌채되면서 서식지는 농경지로 변했고, 사람과 코끼리는 식량과 자원을 확보하기 위해서 서로를 해치기 시작했다. 둘 사이의 충돌을 어떻게 누그러트릴 것인가. 이는 멸종 위기 동물의 보전에서도 가장 어려운 과제 중 하나가 될 것이다.

스리랑카는 전 세계에서 아시아코끼리가 가장 밀집한 나라이자 사람과 코끼리의 충돌이 가장 심각한 나라이기도 하다. 매년 농작물을 망치고 농가에 침입한다는 이유로 인류는 독약을 놓거나, 함정을 설치하거나, 총으로 쏴서 최소 2백 마리의 코끼리를 도살한다. 사실 코끼리가 인류의 농작물을 파괴하는 것도 어쩔 수 없는 노릇이다. 그들의 서식지가 이젠 인류의 밭, 도로, 집으로 변해버렸기 때문이다. 생활 공간이 대폭 축소된 데다가 숲도 심하게 벌채되었으니 코끼리는 먹이 부족에 시달린다. 살아가려면 농작물을 먹을 수밖에 없다.

우리는 수용센터에서 약 3시간 걸리는 마을 하바라나로 갔다. 하바라나는 국립공원 네 곳이 교차하는 지점에 있으며 전통적인 '코끼리의 통로'였다. 최근 몇 년 전부터 현지인들은 코끼리와 평화롭게 공존하는 법을 배우기 시작했다. 생태해설사 포디는 우리를 코끼리의 이동 노선 한가운데에 있는 불교 사원으로 데려다줬다. 사원 뒤에는 연못이 있는데 코끼리 무리가 평소에 지나다니는 통로라고 한다.

"코끼리가 왔어요!"

쿵쿵 울리는 소리가 점점 가까워졌다. 포디는 우리에게 코끼리 무리가 놀라지 않게 목소리를 낮추라고 신호를 보냈다.

"야생 코끼리는 가족 단위로 무리 생활을 하죠. 무리 중에서 가장 역할을 맡는 건 나이 많은 암컷 코끼리인데 대부분은 할머니예요. 할머니는 먹이가 어디에 있는지, 물이 어디에 있는지 잘 알고 있거든요. 그래서 모든 코끼리가 할머니 대장을 따라 움직여요."

할머니 코끼리가 이렇게 위풍당당했구나! 경험이 부족한 암컷 코끼리는 할머니 코끼리의 가르침을 받아야만 어린 코끼리를 기를 기회가 생긴다. 세월이 준 경험은 청춘보다도 더욱 강력한 법이다.

코끼리 무리가 지나간 후, 우리는 포디를 따라서 코끼리와 더불어 사는 농민을 찾아갔다. 모를 심어둔 논을 코끼리가 막 밟고 간 참이었다. 현지인들은 밧줄로 발자국을 측정하는 것만으로도 코끼리의 키와 체형을 짐작해냈다.

"이 철사는 코끼리가 밭에 들어오지 못하게 하려고 친 거예요."

밭 주위에는 철사가 겹겹이 둘려 있었다. 그러나 코끼리가 진짜로 넘어가려고 작정한다면 고작 철사만 갖고는 이 거대한 동물을 막을 수 없다. 눈앞에 있는 농가와 밭은 원래 코끼리의 서식지였다. 코끼리와 싸우지 않고 평화롭게 공존하기 위해 마을 사람들은 새로운 방법을 생각해냈다. 나무 위에 집을 지어 놓고, 늘 코끼리 무리의 움직임을 관찰하는 것이다.

나는 높은 곳에서 시야를 확인하고 싶어서 그다지 튼튼해 보이지 않는 계단을 붙잡고 나무 위에 지어 놓은 오두막으로 조심조심 올라갔다. 고소공포증은 없었지만 바람에 오두막이 흔들거릴 때마다 깜짝깜짝 놀라곤 했다. 천장이 낮은 오두막 안에서는 겨우 앉거나 누울 수 있었고 조금만 방심해도 머리를 부딪치기 일쑤였다. 작물 수확철이 되면 농민들은 나무 위 오두막에서 석 달을 머무르는데, 이 기간은 더욱 길어질 수도 있다. 때로는 아이를 데리고 오거나 온 가족이 함께 살기도 한다. 베개 하나, 라디오 하나가 살림의 전부다.

"모내기할 적에 코끼리가 근처에 있으면 꼭 오두막을 지켜야 해요. 코끼리는 사방팔방에서 오는데, 이쪽으로 다가와서 농작물을 망칠 수도 있잖아요. 코끼리가 다가오는 게 보이면 농민들은 횃불이나 폭죽으로 코끼리에게 겁을 주죠."

포디는 근처에 있는 오두막들을 가리켰다. 나무 위의 오두막들은 작은 마을을 이루고 있었다. 오두막마다 문패도 걸려 있었는데, 오두막 주인의 이름이 적혀 있어 이웃을 찾기도 쉬웠다.

코끼리 무리가 다가오면 농부는 큰 소리로 외친다.

"코끼리가 온다! 코끼리가 온다!"

이렇게 사람들에게 경고하면 이 소리를 들은 사람들도 이어받아서 외친다.

"코끼리가 온다! 코끼리가 온다!"

입에서 입으로 전달하며 서로 돕는다. 주민 말로는 한 사람만 도맡아서 하면 소홀하거나 해이해질 수밖에 없다고 한다. 코끼리를 감시하려면 밤낮으로 경계를 소홀히 해서는 안 되기 때문이다.

"꾸벅꾸벅 졸다가 살짝 잠든 사이에 코끼리가 모든 작물을 먹어 치워버리면 1년 동안 고생해서 지은 농사가 죄다 물거품이 되거든요."

한 아버지는 아이를 안고 오두막 앞에 앉아 노래를 부르면서 정신을 바짝 차리려고 했다. 작년에 '자칫 잠들어버리는' 비극을 겪었던 것이다. 뜰에 가득 심어 둔 땅콩은 모조리 코끼리의 배 속으로 들어가버렸다.

*

2012년부터 코끼리 수용센터에서는 코끼리와 인간의 충돌을 줄이고 공생을 돕는 방향으로 업무의 중심을 이동했다. 그와 더불어 자원봉사자들을 외진 시골에 있는 학교에 파견해서 교육을 통해 보전 의식을 고취하고자 했다. 과거 하바라나 마을에서는 사람과 코끼리가 같은 냇물과 호수를 썼으므로 물을 놓고 다투었다. 지금은 수용센터에서 나서서 마을 주민이 쓸 우물을 파 물을 저장하게 해줬고, 물길은 코끼리 무리에게 양보했다.

그 외에도 자원봉사자들은 코끼리가 출몰하는 지역에는 고추를 심으라고 권장했다. 코끼리가 고추의 매운 냄새를 싫어하기 때문이다. 또는 농가에 벌통을 들여놓아도 코끼리를 쫓는 효과를 볼 수 있다. 코끼리가 꿀벌을 두려워한다는 사실은 과학 실험으로도 증명됐다. 꿀벌이 윙윙대는 소리를 들으면 코끼리들은 그 자리에서 더욱 신속하게 떠난다. 인간이 입히는 상해를 자연적인 방법으로 대신한다면, 인간과 코끼리의 충돌도 해결 못 할 일은 아니다.

19세기 말까지만 해도 스리랑카의 삼림 면적 비율은 전 국토의 84퍼센트나 됐지만 지금은 24퍼센트만 남았을 뿐이다. 매년 4만 2천 헥타르(약 6백만 평)의 임지가 급속도로 소실되고 있다.

서식지가 농경지로 변하자 인간과 코끼리의 생활 영역과 활동 범위는 점점 겹치고 말았다. 마찬가지로 코끼리의 외모도 환경에 따라 변화하고 있다.

아시아코끼리 중에서 상아가 나는 수컷의 숫자는 전체의 7퍼센트도 되지 않는다. 그중 스리랑카의 코끼리는 고작 0.5퍼센트만 상아가 날 만큼 그 비율이 가장 낮다. 과학자의 설명에 따르면 상아가 돋은 수컷 코끼리는 대부분 인류에게 붙잡혀 길들여져서 중요한 제전이나 종교 활동에 쓰이기 때문이다. 예를 들어 포야 데이*나 에살라 페라헤라 같은 날에는 코끼리 행렬이 빠질 수가 없다. 길든 노동 코끼리는 번식할 권리도 없고, 유전자를 남길 기회조차 없다. 야생 코끼리가 일단 잡혀서 서식지를 떠나면, 길든 다음에는 야생으로 돌아간다 해도 생존할 가능성이 거의 없다. 아시아코끼리는 30년 전부터 국제조직의 멸종 위기 생물종에 들어가 있었다. 30년이 지났지만 여전히 위급한 환경에 놓여 있다.

* 스리랑카의 휴일로 매달 음력 보름마다 계율을 지키며 절제하는 날.

골칫거리가 황금으로, 코끼리 똥 종이

촬영한 지 나흘째 되던 날, 나는 목소리를 '완전히 잃었다.' 나는 원래 편식도 하지 않고, 식욕도 좋고, 매일 똑같은 것을 먹어도 아무 문제가 없는 체질이다. 하지만 이곳 스리랑카에서는 이런 나도 당해낼 재간이 없었다. 말 그대로 매 끼니마다 매운 음식만 먹었기 때문이다. 매운 카레, 매운 양파, 매운 양배추 볶음, 매운 간식, 매운 향료……. 민박에서는 이런 식사만 제공했기 때문에 선택의 여지가 없었다. 매운 걸 너무 많이 먹은 탓일까. 내 목은 바이러스에 감염돼 급성 성대염에 걸려버렸다. 갑자기 목소리를 잃어버리는 바람에 억지로 쉰 목소리를 짜낼 수밖에 없었다.

인터뷰, 녹화 작업을 계속해야 하는데! 목소리가 안 나오니 이 일을 어쩐다? 그래서 그 뒤로 며칠 내내 인터뷰 대상자의 귓가에 찰싹 달라붙어 바람 섞인 목소리를 간신히 쥐어짜서 말했고, 손짓 발짓까지 곁들였다. 그렇게 하지 않으면 상대방은 내가 무슨 말을 하는지 도저히 알아들을 수 없었다. 결국엔 소리를 내지 않고 입만 벙끗거리는 채로 촬영을 했고, 대만으로 돌아가서 후시 녹음을 했다. 그나마 다행이라면 내 립싱크 실력이 감쪽같았다는 점이다. 입 모양, 어조, 숨 쉬는 부분까지 허점이라고는 전혀 없었다. 하기야, 내가 쓴 대본이었으니까! 우리는 동료들을 대상으로 '블라인드 테스트'를 실시했는데 진행자가 현장에서 한 대사가 전부 후시 녹음이었다는 사실을 아무도 알아채지 못했다.

그러나 억지로 목소리를 짜낸 대가로 목은 갈라져버렸고 기침도 끊이지 않았다. 한밤중에는 기침이 더욱 심해졌다. 그 며칠 동안은 도저히 누워서 잘 수가 없었다. 한 번 눕기만 하면 오장육부까지 토해낼 기세로 기침을 했기 때문이다. 앉아서 자야만 그나마 기침하면서라도 눈을 붙일 수 있었다. 몸속 가장 깊은 곳에서 올라오는 기침을 내뱉느라 온몸이 옹송그려졌고, 얼굴에는 눈물 콧물이 줄줄 흘렀다. 과연 날이 밝을 때까지 버틸 수 있을까, 하는 생각만 들었다. 가족과 통화할 엄두도 나지 않아 메신저로만 이야기했을 뿐이다. 통화했다가는 내 무시무시한 기침 소리에 가족이 걱정할 게 뻔했다.

나는 습관적으로 밖에 나가 있을 때는 좋은 일만 알리고 나쁜 일은 알리지 않았다. 알려 봤자 걱정만 늘어날 뿐이니까. 게다가 출국해서 취재할 때는 여기저기 아프거나 병드는 게 당연했다. 야생동물을 촬영할 때는 더욱 그랬다. 나와 팀원들은 황량한 야외 환경이나 그곳의 위생 조건을 너무나 뻔히 알고 있었기 때문에 웬만한 상황에는 놀라지조차 않았다. 심지어 나중에는 열이 펄펄 끓는 채 인터뷰하면서도 헛소리를 하지 않는 경지로 '레벨업' 했다.

코스타리카 우림에 나무늘보를 촬영하러 갔을 때도 그랬다. 더위를 먹은 탓인지 갑자기 온몸에 열이 나고 머리가 멍했다. 그러나 이제껏 쌓아온 내공으로 모든 것을 이겨냈다. 밤까지 버티다가 민박으로 돌아가자마자 해열제를 먹고, 할머니의 오래된 비법에 따라 이불을 푹 덮어쓰고 땀을 쫙 뺐다. 그러고 났더니 다음 날 일어났을 때는 또다시 당당한 여장부로 돌아왔다. 그러나 이번에는 바이러스에 감염되는 바람에 심각한 후유증이 남았다. 성대가 아주 약해져서 툭하면 목소리가 안 나오거나 바싹 마른 목소리가 났다. 가족과 친구들은 목캔디, 감기 시럽, 금귤청, 설탕에 잰 배를 바리바리 챙겨줬다. 하지만 목에 발열 패치까지 붙여 봐도 민간요법은 전혀 효과가 없었다.

"말을 적게 하세요!"

이비인후과 의사는 나에게 신신당부했다. 한번은 녹화 전에 갑자기 목소리가 나오지 않는 바람에 진료소로 달려가서 주사를 맞았지만 목소리는 끝내 나오지 않았다. 다음 날까지 주사를 두어 방 더 맞고 나서야 목소리가 조금 나와서 겨우 녹화를 마칠 수 있었다. 내 오리 울음소리 같은 목소리를 보정하느라 음향기사가 진땀을 빼야 했다. 신이 날 딱하게 여긴 덕분일까. 이후 몇 번의 우연 끝에 타이둥현 장빈향 깊은 산에 사는 어느 아주머니와 인연이 닿아 목을 보호하고 몸을 관리하는 법을 배웠다. 그다음부터는 목소리가 나오지 않는 일은 거의 없게 됐다.

*

스리랑카에서 목 상태가 최악이었던 어느 날, 제지공장에 가서 '코끼리 똥 종이'를 촬영했다. 공장의 기계가 덜컹덜컹 소리를 내며 돌아갔기 때문에 목소리를 더 크게 내야 했다. 나는 손으로 목을 누르고 한 글자씩 토해냈다. 다행히 공장 매니저 웝하

타는 인내심도 강하고 친절했다. 짜증스럽다거나 언짢은 기색은 일절 내비치지 않고 계속 묻기만 했다.

"괜찮아요? 따뜻한 물을 줄까요? 무엇을 도와줄까요?"

제지공장 '막시무스'와 코끼리 수용센터 사이에는 담장 하나만 놓여 있을 뿐이다. 이 공장의 사장인 라나싱헤가 매일 처리해도 끝이 없는 이웃의 코끼리 똥을 보고 기발한 생각을 떠올린 게 코끼리 똥 종이의 시초였다. '코끼리는 초식 동물이므로 백여 가지가 넘는 식물을 섭취한다. 고섬유질을 함유한 분변은 원료로 쓰기에 알맞으니, 아예 코끼리 똥으로 종이를 만들어 보자! 이러면 수용센터가 코끼리 똥을 처리하는 문제를 도울 수 있을 뿐만 아니라 나무를 적게 베도 되고, 코끼리의 서식지도 보호할 수 있겠지.'

막 시작했을 때만 해도 코끼리 똥 종이를 팔겠다는 발상은 비웃음을 적지 않게 샀다. 그러나 환경 보호와 생태 보전을 결합하여 지역 발전을 이끈 종이는 이제 스리랑카가 자랑스러워하는 국보가 됐다. 또한 유럽과 미국으로도 팔려나가는데, 연 거래액만 해도 백만 달러 이상이다. 이토록 마음 씀씀이가 깊은 업자의 이토록 창의적인 발상이라니. 몸이 아프더라도 꼭 보도하고 싶었다. 사람과 코끼리가 공생하는, 계발성이 가득 담긴 이 이야기를 모두가 알 수 있기를 바랐다.

제지공장은 새벽부터 돌아가기 시작한다. 이곳은 복잡하거나 정밀한 기계 없이 거의 인력에 의존하는 간소한 공장이다. 날이 밝자마자 코끼리 수용센터의 자원봉사자가 가장 먼저 하는 임무는 코끼리의 분변을 수거해서 '신선할 때' 옆집 공장으로 보내는 일이다. 분변을 줍는 자원봉사자의 말에 따르면 가장 극복하기 어려운 게 심리적인 장벽이라나.

"에버릴, 코끼리의 분변을 줍도록 스스로를 설득하는 데 얼마나 걸렸죠?"

나는 영국에서 온 반짝이는 눈과 금발을 가진 상냥한 자원봉사자에게 물었다.

"며칠이나 걸렸죠! 처음엔 망설였어요. 눈도 빨개졌고요. 계속 망설였거든요. 도대체 이걸 주워야 해, 말아야 해? 며칠 뒤에는 줍기 시작했어요. 딱히 냄새도 안 나더라고요. 이젠 제 몸 여기저기에 죄다 똥이 묻어 있고요, 직접 손으로 집어도 괜찮아요. 그게 뭐 어때서요?"

에버릴은 활짝 웃으며 코끼리 똥이 잔뜩 쌓인 수레를 밀었다. 이건 전부 종이의 원료로 쓰일 것이다.

그러나 똥에도 등급이 있다. 젊은 코끼리의 분변은 비교적

'질'이 좋아서 종이로 만들어도 품질이 우수하다. 공장의 베테랑 직원이 설명해줬다. 젊은 코끼리는 씹는 힘이 좋아서 먹이를 완전히 씹을 수 있으므로 이들의 분변은 좀 더 얇은 종이를 만드는 데 쓴다. 반면 늙은 코끼리는 이빨이 다 상해서 먹이를 완전히 씹을 수 없으므로 이들의 분변은 대부분 두꺼운 종이나 책 표지를 만드는 데 쓴다. 종이의 색깔이나 결의 굵기는 코끼리의 나이와 이빨의 상태, 먹이를 먹는 습관과도 전부 관련이 있다. 주식으로 야자 잎을 먹는 코끼리 똥으로 만든 종이와 종려 잎을 먹은 코끼리 똥으로 만든 종이는 매우 다르다.

코끼리 똥을 햇볕에 말린 다음에는 약초를 혼합해서 소독한다. 베테랑 직원이 그 과정을 자랑스럽게 소개해줬다. 말린 코끼리 똥에 멀구슬나무 잎을 넣고 뜨거운 물로 끓여 소독한다. 완전히 살균 처리해서 악취를 제거하고 나면 다른 냄새는 전혀 나지 않는다. 곧이어 폐지를 넣는데, 코끼리 똥 75퍼센트와 폐지 25퍼센트의 비율로 넣은 걸 완전히 부수어 펄프를 만든다.

"종이를 만드는 과정엔 기쁨이 가득해요. 기적 같은 일이거든요. 기적의 증인이 되는 거예요. 1초면 종이 한 장이 완성돼요. 아무런 화학적 성분도 쓰지 않고요!"

여성 직공들은 둘씩 짝을 지어 펄프를 걸러내고, 물기를 빼고, 압착해서 여분의 수분을 제거한다. 생지를 막대에 걸어 최소 24시간 동안 햇볕에 말리고 마지막 단계인 가공에 들어간다. 36가지의 알록달록한 색깔을 가진 촉감이 섬세한 코끼리 똥 종이로는 책, 책갈피, 공책, 수첩 같은 상품을 백여 가지나 만들 수 있다. 여성 직공들은 종이를 오려 붙여서 상품을 장식하거나 도안을 만들었다. 공장에는 즐거움이 가득했다. 20년 전 초창기에는 직원이 고작 7명이었지만 이제 제지공장은 직원이 2백 명이나 되는 규모로 성장했고, 지역 경제를 발전시켰으며, 많은 취업 기회를 만들었고 특히 여성을 채용했다. 모든 여성 직공을 정직원으로 채용하고 있으므로 한부모 가정이거나 가난한 가정이라도 이 종이 한 장 덕분에 삶을 꾸려갈 수 있게 됐다.

*

"코끼리 똥 종이라는 발상은 사실 굉장히 단순하죠. 코끼리를 돕고, 이웃의 문제를 해결하고 싶다는 생각에서 출발해 코끼리 똥이 경제적인 가치를 생산하도록 시도했어요. 이게 우리가 코끼리 똥 종이를 쓰는 이유예요. 보통 펄프를 쓰면 환경에도 좋지 않죠. 땅에서 자라는 나무를 베어야 하니까요. 그런데 코끼리 똥을 쓰면 100퍼센트 환경 보호가 되죠. 환경을 해치지 않아요!"

우리의 취재 기간에는 공장 사장인 라나싱헤가 박람회에 참석하느라 출국했으므로 매니저인 웝하타가 코끼리 똥 종이의 기원을 대신 설명해줬다.

"옛날 우리 사장님네 가족은 전통적인 종이 제작 업자였어요. 사장님 친구분이 마침 코끼리 수용센터의 주인이었고요. 사장님도 수용센터를 위해 뭔가를 하고 싶어 했죠. 코끼리 똥 문제를 해결하는 것까지 포함해서요. 그래서 코끼리 똥 종이를 만드는 법을 연구하기 시작했어요. 처음에는 코끼리 똥 종이가 안 팔렸어요. 손님들이 받아들이지 못한 거죠. 다들 비웃기만 했을 뿐, 긍정적으로 보는 사람이 없었죠. 그런데 손님들이 서서히 우리의 뜻을 알아주기 시작했어요. 우리는 스리랑카에 사는 사람과 코끼리가 충돌하는 문제를 해결하려 했으니까요. 우리의 이념에 동조하는 소비자가 늘어날수록 바다 너머의 외국의 도매상도 더 많이 구매하려 하겠죠."

코끼리 한 마리는 하루 평균 백 킬로그램의 분변을 생산한다. 코끼리 똥 1킬로그램으로 A4사이즈의 코끼리 똥 종이를 72장 만들어 낼 수 있다. 이 공장에서는 하루에 종이를 2만 7천 장 생산할 수 있는데, 이는 '원료' 4백 킬로그램을 소모하는 거나 마찬가지다. 이들은 수용센터의 가장 좋은 청소부다. 특히 가장 훌륭한 점은 늙고 상처 입은 코끼리들을 돌보도록 기업 이윤의 일부를 수용센터에 나눠주고 있다는 점이다. 한 사람의 선한 마음이 생태 환경, 지역 기업, 더불어 사는 사회의 발전을 불러왔다. 사람과 자연이 평화롭게 공존하는 것. 코끼리 똥 종이보다 더 적합할 수는 없다.

인도양에 외로이 매달린 스리랑카. 마르코 폴로는 이곳을 지구에서 가장 아름다운 섬이라고 묘사했다. 선량한 마음 덕에 이 섬은 그 아름다움을 영원히 간직할 수 있을 것이다.

제5장

대만 흑곰과 삵 고아원

우울증과 자해에
시달리는 흑곰

2018년에 〈지구의 고아 - 곰의 나라〉 시리즈를 촬영하기 위해 몇 번이나 잇달아 고유종연구보전센터의 저해발실험소에 달려갔다. 타이중현에 있는 저해발실험소는 사실상 대만흑곰 고아원이다. 실험소에서는 대만흑곰의 마지막 보호소를 제공하고 있으며 발이 잘려서 야생의 숲으로 다시 돌아갈 수 없는 수많은 흑곰도 거두어 돌본다. 이 곰들도 어떤 의미로는 고아다.

아리 이야기부터 해보자. 나는 이토록 슬퍼하는 수컷 곰을 본 적이 없다. 아리는 아무 의욕 없이 염세적인 태도를 보일 때가 대부분이다. 아리의 오른쪽 뒷다리에는 발가락이 하나밖에 남지 않아 기어 오르는 능력이 감퇴했다. 다리에 남은 십자 흉터는 오랜 시간에 걸쳐 스스로 물어뜯은 흔적이다. 생후 몇 개월 만에 아리는 사냥꾼의 올가미에 걸려 발가락이 잘렸다. 게다가 어미가 살해당하는 모습까지 고스란히 목격했다. 그 뒤로 아리는 인간에게 깊은 경계심을 보였다. 낯선 사람이 조금만 다가와도 불안하게 으르렁댔다. 우리는 촬영 중 아리의 눈물을 포착했다.

나는 흑곰 엄마 메이슈에게 곰도 눈물을 흘리는지 물어봤다. 메이슈는 본 적 없다고 했다. 어쩌면 단순히 아리의 눈이 불편했던 건지도 모른다. 하지만 나는 그것이 차라리 아리의 눈물이었기를 바란다. 좁은 우리에 갇힌 채 하루하루를 지내는 건 삶을 난도질하는 것과 마찬가지다.

아리의 이웃인 '샤오슝'은 작은 곰이라는 이름의 뜻과는 달리 실은 27살이나 된 늙은 곰으로, 고유종연구보전센터에 가장 먼저 수용된 대만흑곰이다. 1993년 고작 생후 6개월이었던 샤오슝은 덫에 걸리는 바람에 그 자리에서 오른쪽 뒷발을 잘렸다. 사냥꾼은 어미를 쏘아 죽인 뒤 샤오슝을 데리고 가서 길렀다. 국가공원 경찰이 현장 수사를 나간 다음에야 샤오슝은 고유종연구보전센터로 보내졌다. 수의사는 샤오슝의 털을 깎고 의족을 만들어 장착해줬다. 하지만 샤오슝은 적응하기는커녕 질색하며 계속 의족을 벗어버리려고 했다. 한번은 처마 위로 기어 올라가 숨어버린 적도 있었다. 결국 의족 계획은 실패로 돌아갔다. 그때부터 샤오슝은 세 발로 절뚝거리며 다녔다. 이는 여간 힘들고 고통스러운 일이 아니기에 샤우슝은 최대한 움직이지 않으려 했다. 결국 체중은 점점 늘어났고 건강에도 나쁜 영향을 끼쳤다.

"채혈할 때 기름이 한 층이나 나왔다니까요!"

사육사가 말했다. 하지만 샤오슝의 다이어트를 돕는 게 말처럼 쉽겠는가. 샤오슝은 주변에서 무슨 일이 일어나더라도 관심을 보이기는커녕 눈을 멀거니 뜬 채 바라보기만 했다. 사육사가 먹이를 갖고 장난을 치더라도 어울리기조차 귀찮아했다.

고유종연구보전센터에는 수용 곰 두 마리가 더 있는데 이들은 남매다. 오빠는 헤이피, 여동생은 헤이뉴라고 하는데 벌써 18, 19살이나 됐다. 남매는 어릴 적 인간에게 유괴당해 어미와 헤어졌는데, 다행히 곰 발바닥*은 무사히 지켰다. 그러나 오랫동안 쇠로 된 우리에 갇혀 지내느라 정형행동이 나타났고 성격도 극단적으로 변했다. 헤이피는 고유종연구보전센터로 보내진 뒤 과잉행동을 보였다. 헤이뉴는 침묵하며 불안해했고 자해도 심했다. 늘 초조하게 머리를 흔들었고, 때로는 살갗이 찢어지고 피가 철철 날 정도로 자기 발바닥을 물어뜯기도 했다.

* 웅장(熊掌)이라고 하여 고대부터 진미로 유명했으며, 술을 담그는 데 쓰기도 한다.

"한번은 느낌이 쎄한 거예요. 입가에 분홍색 거품이 묻어 있었죠. '오늘 준 먹이 중에서 수박이 있었나?'라고 생각하다가 나중에야 깜짝 놀어요. 알고 보니까 자기 발바닥을 물어뜯은 거였어요."

훈련사는 헤이뉴의 자해 이야기를 먹먹하게 전했다.

*

대만흑곰은 나무 오르기와 헤엄치기에 능숙하고 뛰는 속도는 시속 40킬로미터에 달한다. 활동 범위도 5백 제곱킬로미터나 되는데, 이는 타이베이시 두 개를 합친 면적이다. 이토록 야성적이고 자유분방한 영혼을 좁은 땅에 가뒀으니, 곰이 미치지 않고 배길 수 있겠는가?

그래서 훈련사는 흑곰의 우울한 기분과 정형행동을 개선하는 데에 모든 노력을 기울이고 있다. 행동을 풍부하게 하는 훈련 과정을 계획하고 이런 과정을 통해 단조로운 일상에 새로운 자극과 변화를 주기를, 곰의 주의력을 돌리고 우울증이 감소하기를 바란다.

"곰에게 생각할 기회를 주는 거예요. 좀 더 맞춰주고, 좀 더 자극을 주면 즐거워할지도 모르죠."

사육사도 장난감을 만들거나, 먹이를 숨기거나, 먹이를 깍둑썰기 하거나, 씹는 방식에 변화를 주는 등의 상호 작용을 통해 곰을 더욱 즐겁게 해주려고 한다. 하지만 돌아갈 집을 잃은 흑곰들은 여전히 우울해하고 슬퍼한다.

대만에 불법 함정과 불법 수렵을 단속하는 법이 없는 게 아니다. 그저 법규의 관리와 집행 과정에서 흠과 빈틈이 드러났을 뿐이다. 대만의 현행 동물보호법과 야생동물보전법의 규정에 따르면 짐승 덫은 원칙적으로 사용을 전면적으로 금지하고 있고, 제조하거나 판매해서도 안 된다. 하지만 그러려고 마음먹은 사람이라면 얼마든지 철사를 구매하고 가공해서 치명적인 올가미를 만들 수 있다. 대만의 산림은 흑곰의 지옥으로 바뀐 지 오래다.

20세기 중에는 흑곰의 발자취가 대만 전체에 널리 남아 있었지만 이후 대만의 자연환경이 과도하게 개발되면서 곰의 서식지가 파괴됐다. 흑곰의 분포 면적도 원래 면적의 4분의 1로 대폭 축소했고, 그마저도 중앙산맥*의 중해발** 원시삼림에 집중됐다. 저해발의 인구 밀집 구역에서는 곰을 거의 볼 수 없다.

---

* 대만 섬에서 가장 큰 산맥이자 중앙부를 가로지르는 산맥으로 대만산맥이라고도 한다.

** 해발 1천~2천 미터에 해당하는 높이.

최근 몇 년 동안 남극의 펭귄부터 북극의 북극곰까지 촬영했지만 대만흑곰만큼 찍기 힘들었던 종은 없었다. 그렇다. 대만흑곰이 북극곰보다 더 찍기 어려웠다! 숫자가 극히 적을 뿐만 아니라 숲의 가장 깊은 곳에 '행방불명'돼 있기 때문이다. 나는 2년이라는 시간을 들여 우스컹, 위리, 줘시를 돌아다녔다. 국립핑둥과학기술대학교 야생동물보호소의 부교수인 메이슈를 따라 다쉐산으로 가서 흑곰을 포획하고 표식을 붙이는 연구 작업과 난안 새끼 곰의 야생 훈련에서부터 야생 방사까지의 보호 과정도 기록했다. 하지만 내가 찍고 봤던 모든 것은 대만흑곰 생태의 아주 작은 일부에 지나지 않을 것이다.

나는 난안 새끼 곰이 하늘에서 보내준 메신저라고 진심으로 믿는다. 이 새끼 곰 덕분에 겉으로만 그럴듯하게 반응하고 사실상 찬밥 취급을 받던 '대만흑곰 보전'이라는 의제가 다시 조명을 받았기 때문이다. 새끼 곰 메이아가 갑작스럽게 나타나자 오랫동안 시큰둥했던 환경 보전 의식에 불이 붙었다.

그전까지만 해도 대만흑곰이라고 하면 사회와 대중이 가장 친숙하게 연상하는 건 마스코트가 대부분이었다. 지방 자치 활동의 마스코트, 특산물 광고를 위한 마스코트, 운동회의 마스코트……. 하지만 이 대만 산림의 왕자를 우리는 얼마나 알고 있을까? 우리의 다큐멘터리 프로그램의 보도가 대만흑곰 무리가 계속 대를 이어가는 데 조금이나마 도움이 되기를 진심으로 바란다. 프로그램을 제작할 때의 초심과 이상이었다.

아리, 샤오슝, 헤이피, 헤이뉴. 이 곰들의 기구한 운명을 통해 온 대만이 앞발 잘린 흑곰의 처지를 가슴 아파했다. 이들이 대만 산림의 마지막 난민이기를 바랄 뿐이다. 지구의 어떤 종도 이런 대우를 받아서는 안 된다.

숲의 블랙박스를 연 여인

오랫동안 뉴스를 취재하며 '흑곰 엄마'의 명성은 익히 들어 알고 있었다. 하지만 예전에는 사회, 정치, 국제 방면을 다루었으므로 흑곰 엄마를 인터뷰할 인연이 없었다. 자연 프로그램 제작에 뛰어들고 나서야 부눈족*에게 '곰'이라고 불리는 이 여인을 알아갈 기회가 생겼다. 사실 메이슈의 행적은 곰처럼 신비하다. 그가 연구하는 곳은 가장 민첩하고 용맹한 부눈족 사냥꾼도 선뜻 가지 못하는 황량한 산이나 허허벌판일 때가 대부분이기 때문이다. 곰 현황이 가장 좋은 위산 동쪽 방면의 다펀 같은 곳

* 대만의 중부 산지에 사는 고산족(高山族)에 속하는 한 부족. 약 1만 8천 명이 부계 사회를 이루고 있고, 인도네시아어에 속하는 언어를 쓴다.

은 위리에 있는 등산로 입구에서 걷기 시작해 도착하기까지 최소 사흘은 걸린다.

20여 년 전, 깡마른 메이슈는 곰을 추적하기 위해 중장비를 짊어지고 인적이 드문 이 길을 걸었다. 썩은 채소, 유통기한이 지난 통조림, 발효된 쌀을 먹으며 버텼고 방수포를 덮고 자느라 옷이며 양말은 늘 축축했다. 몸이 얼마나 버틸 수 있을지를 매일같이 극한으로 시험당했다. 독벌에 몇 번이나 쏘이는 바람에 밤새 숨죽여 울며 통증을 참았고, 낙석에 맞아 깊은 골짜기로 미끄러져 떨어질 뻔하기도 했다. 체력이 소모되는 건 버틸 만했으나 곰을 찾을 수 없다는 사실에 몇 번이고 포기하고 싶었다.

"한번은 다 때려치우고 연구나 하려고 했죠."

메이슈가 기억을 돌이켰다.

"힘든 처지에 놓였을 때 나 자신에게 안 물어본 건 아니에요. '내가 뭐 하러 여기에 왔지? 뭐 하려고 이 고생을 하는 거야!' 흑곰을 연구하고 싶은데 두 달 내내 계속 허탕만 치는 거예요. 무선전파를 추적해 봐도 곰이 죄다 어디로 도망갔는지 모르겠고요. 다리가 끊어지게 돌아다녀 봐도 곰을 도저히 못 찾겠더라고요. 하지만, 의기소침하고 좌절했을 때마다 저한테 말했어요. 너한테 강요한 사람 아무도 없어. '네가 오고 싶어서 온 거야. 야외 조사라는 게 원래 잘될 때도 있고 잘 안 될 때도 있는 법이잖아. 이런 도전은 네가 전문적인 야외 연구 조사자가 될 만한 자격이 있는지를 시험하는 것일 뿐이야.'"

산에 올라가 곰을 찾느라 혼비백산하고 생사의 갈림길에 섰던 그 당시를 메이슈는 담담하게 회상했다.

메이슈는 진정한 슈퍼우먼이다. 그가 해낸 모든 일에는 뛰어난 체력과 의지력이 필요했다. 2018년 10월 다쉐산에서의 경험을 돌이켜봐도 그렇다. 나도 남극 설산으로부터 북극 빙원에 이르기까지 산전수전 다 겪은 백전노장이었지만, 그때의 고문에 가까운 고행에는 항복할 뻔했다.

우리는 한밤중에 다쉐산의 삼림 샘플 구역에서 흑곰이 포획틀에 걸렸다는 소식을 받았다. 메이슈가 이끄는 연구팀은 아침 일찍 남북 각지에서 집결해 산으로 들어가 길을 재촉했다. 나는 메이슈의 질풍 같은 속도를 도저히 쫓아갈 수가 없었다.

"신이, 나무뿌리에 미끄러질지도 모르니까 천천히 걸어요."

말을 마치자마자 메이슈는 바람처럼 시야에서 사라져버렸고 한 학생에게 나를 데리고 뒤에서 '천천히' 오라고 지시했다. 며칠 내내 큰비가 내리는 바람에 산간 구역은 미끄럽고 험해서 걸음을 옮기기조차 힘들었다. 기나긴 내리막길을 (사실 길이라고 부를 수조차 없었다.) 내려가느라 체력은 거의 한계에 달했다. 내려가는 것만 힘들었겠는가. 올라가는 건 더 힘들었다.

흑곰에게 표식을 붙이고 놓아주는 일을 마쳤을 때는 거의 저녁 6시가 다 된 시간이었다. 짙은 안개에 싸인 어두운 숲은 앞길조차 제대로 보이지 않을 만큼 컴컴했다. 나는 헤드 랜턴을 쓰고 나무줄기를 잡아당기면서 올라갔지만, 발밑은 푹푹 꺼지고 가는 내내 몇 번이나 넘어졌다. 마지막에는 거의 구르다시피 하면서 가까스로 기어 올라갔다. 집에 돌아가서 보니 두 다리는 온통 시퍼렇게 멍이 들어 있었다. 메이슈와 연구팀은 오랜 세월 이런 산길 고행(고문)을 감내했다.

*

아리 두마드는 메이슈의 부눈족 이름인데, 두마드는 곰이라는 뜻이다. 원주민이 곰이라고 부르는 이 여인은 대만 최초로 산에 들어가 대만흑곰을 연구하기 시작한 야생동물 생태학자였다. 오늘날 대만흑곰에 관한 데이터가 풍부해지고 체계를 갖출 수 있었던 데는 그의 편집증에 가까운 굳건한 신념과 보통 사람을 뛰어넘는 의지력이 큰 몫으로 작용했다. 이에 대해 메이슈는 돌이킬 수 없는 어떤 일 때문이라고 토로했다. 그는 무심결에 숲의 블랙박스를 열었고 오랫동안 굳게 자물쇠가 채워져 있던, 남들은 모르는 비밀을 밝혀내고야 말았다.

"산림에서 가장 커다란 동물의 상황이 이토록 끔찍하다는 걸 발견해버렸어요! 저는 그 문제를 발견한 사람이었고요. 문제를 발견했는데 내버려두자니 그게 되나요. 저도 스스로를 설득할 수가 없었어요. 그냥 코를 쓱 문지르고 울며 겨자 먹기로 할 수 있는 만큼만 해보자 했죠."

그는 곰을 연구하고, 곰을 위해 목소리를 낼 팔자를 타고난 게 분명하다. 그게 아니라면 어떻게 깊은 산속에 사는 대만흑곰과 자난평원에서 자란 농촌 소녀가 평생에 걸친 인연을 맺을 수 있었겠는가?

"이 업계에 들어온 건 어릴 적부터 정해진 운명일 거예요. 어릴 적부터 나무 타기를 잘했거든요. 혼자 나무 위에 올라가서 숨어버리고는 엄마가 나무 밑에서 사방으로 나를 찾아다니는 걸 훔쳐보기를 좋아했죠. '아슈*, 얼른 와서 밥 먹어라! 아슈야, 어디 갔니!' 하고 외치면 전 나무 위에서 깔깔대고 웃었죠."

메이슈는 말괄량이 같았던 어린 시절의 모습을 묘사했다.

산속에서 긴 시간을 보내느라 청춘은 가버렸고 결혼도 하지

* 메이슈의 애칭.

않았다. 그러나 메이슈는 후회하지 않았다. 오히려 산신에게 맹세했다.

"의욕이 꺾일 때도 있죠. 좀 편하게 살고 싶기도 하고요. 근데 아마 그만두진 못할 거예요. 산신과 약속을 했거든요. 곰 가죽 껍데기만 쓰지 않았다뿐이지 제 머릿속은 24시간 내내 곰 생각으로 가득하니까요. 그렇다 해도 곰이 제 거라고 여겨본 적은 없어요. 그랬으면 하는 생각도 한 적 없고요. 흑곰은 이 섬, 자연의 것이죠."

이 강철 같은 여인이 고개를 홱 돌리고 흐르는 눈물을 훔쳤다. 곰을 쫓느라 힘들었던 과거가 떠올랐기 때문일까. 내가 아는 거라고는 그저 그의 마른 어깨에 실린 책임과 부담이 너무나 무겁다는 것뿐이다.

메이슈는 1998년부터 산에 들어가 대만흑곰을 연구했다. 20여 년 전에 그가 포획했다가 표식을 붙이고 놓아준 첫 번째 곰은 발이 잘려져 있었다. 그러나 20여 년 뒤에도 대만흑곰의 절반 이상은 여전히 발이 잘려져 있다. 과거의 분노는 이제 절망으로 바뀌었다.

"참 이해할 수가 없어요. 여기는 이젠 사냥꾼도 안 가려고 하는 곳이라고요. 중앙산맥의 이렇게 외진 곳까지 왔는데 이곳의 곰은 여전히 앞발이 잘려져 있어요. 곧 멸종할 종이고 여전히 절반 이상의 개체가 산에서 살고 있는데 이런 학대와 고통을 당하다니……. 그래서 대만흑곰의 보전에 성공했다고 장담할 수가 없어요. 흑곰의 보전에 큰 전진이 있었다고 여길 수도 없고요. 20년 전에도 흑곰은 앞발이 잘려져 있었는데 20년 후에도 앞발이 잘려져 있는 걸 제가 똑똑히 봤으니까요. 우리가 아무리 노력한다 한들, 저는 우리가 많은 걸 했다고 자랑할 수는 없어요."

대만흑곰은 아시아흑곰의 7개 아종 중 하나다. 1만 년 전 빙하기가 끝나고 해수면이 상승하면서 대만과 유라시아 대륙 사이에 대만 해협이 생겼고, 아시아흑곰은 대만섬에서 독립적으로 진화하고 번성했다. 그리고 지구에서 유일한 대만의 고유종이 되었지만, 가슴 앞의 V자는 이제 승리의 상징이 아닌 고난의 낙인이 돼버렸다. 현재 대만흑곰의 숫자는 5백 마리를 넘지 않는다. 앞발이 잘리는 바람에 생존 능력과 번식 능력은 대폭 줄어들었다. 멸종이 시작된 것이다.

"곰은 나무에 올라 과실을 먹어요. 발톱이 있어야만 백 킬로그램이 넘는 체중을 지탱하면서 나무에 올라갈 수가 있죠. 그런데 앞발이 잘리면 나무에 오르기도 힘들고, 오르다 떨어질 수도 있어요. 또 수컷이 암컷에게 구애하는 데도 영향이 가요. 어렵사리 암컷을 붙잡아서 앞발을 내밀려고 해도 발이 잘려져 있잖아요. 암컷이 몸부림쳐서 도망쳐버리죠."

메이슈는 한 발 더 나간 해석을 내놓았다. 어떤 곰은 함정에서 벗어나기 위해 제 앞발을 물어뜯는다. 힘이 좀 센 곰은 올가미나 덫을 질질 끌며 달아난다. 시간이 지나면 이 상처가 썩고 곰은 패혈증에 걸려 앞발이 괴사하거나 사망에 이르게 된다.

"사냥꾼들이 저한테 제보하면서 알려줬는데, 현장에 가보니까 땅바닥에 발가락만 두어 개 남아 있더래요. 흑곰이 자기 발가락을 물어뜯기도 하고, 그러다가 근육과 인대까지 딸려 나오기도 해요. 가져온 샘플을 직접 보기도 했어요. 너무나 끔찍하죠."

곰이 사는 숲의 블랙박스를 열고 판독해낸 진상은 추악하고 잔혹했다. 메이슈는 대만의 숲속 가장 깊은 곳에서 자신이 무엇을 봤는지를 계속 이야기하려 한다. 청자가 믿든 안 믿든.

사라져 가는 산의 정령, 삵

북극곰보다 찍기 힘들었던 대만흑곰. 그런데 대만흑곰보다 더 찍기 힘든 동물이 있었으니, 바로 삵이었다. 하지만 아무리 찍기 어려울지라도 지금 찍지 않으면 안 될 것만 같았다. 우리의 다음 세대도 흑곰과 삵을 볼 수 있을까? 전문가는 야생 삵이 대만 땅에서 빠르면 20년 이내에 사라질 것으로 예측했다. 삵은 아시아의 소형 고양잇과 동물 중 가장 드넓게 분포한 종으로, 국제자연보전연맹에서는 삵을 '관심대상 혹은 최소관심' 등급 종으로 지정했다. 그런데 대만에서는 어쩌다 '위기' 등급 종으로 변했을까? 우리가 도대체 뭘 했기에? 아니면 우리가 뭘 하지 않았기에? 나는 이 문제를 깊이 탐구해보고 싶었다.

삵은 일찍이 1685년, 산고양이라는 별명으로 대만 역사에 처음 등장했다. 1940년까지만 해도 삵은 대만 전역의 저해발산지에 분포했지만 현재는 고작 4백에서 6백 마리만 남아 있다. 이는 소형 식육목 동물의 최소 생존 가능 무리 수에 육박한 숫자로 멸종의 임계점에 도달해 있다. 대만의 마지막 원생 고양잇과 동물인 삵은 1천 미터 이하의 얕은 산간 지대에서 서식하는데, 인류의 활동 범위와 고도가 겹친다. 우리와 가장 가까이 있는 1급 보전류 동물인 것이다. 삵은 밭에 조그만 발자국을 남기기도 하고 길가에서 작은 몸을 숨기고 기다리기도 한다. 고속도로 위에 놓인 다리나 그 아래에 난 배수로에서도 삵이 남긴 발자국을 볼 수 있다.

인간이 자연을 대대적으로 개발함에 따라 삵의 서식지는 이미 80퍼센트나 축소됐다. 그중 60퍼센트는 먀오리에, 30퍼센트는 난터우에, 나머지 10퍼센트는 타이중에 있는데 장화, 자이, 신주에서도 요 몇 년 동안 드문드문 삵의 흔적이 나타났다. 위험할 게 뻔한데 왜 도로에 이렇게 가까이 다가오는 걸까? 다른 것 때문이 아니다. 여기가 원래 그들의 집이었기 때문이다! 인간이 삵의 집에 도로를 만들고, 시멘트를 덮고, 건물을 만들어서 그들의 서식지를 파괴했기 때문이다. 서식지가 파괴돼 먹이를 찾기 힘들어지자 삵은 양계장에 침입하기 시작했다. 큰 피해를 본 양계 농가에서는 강경한 수단을 동원해 삵에게 보복했다. 덫을 놓고, 미끼에 독을 넣고 포획했다. 전문가의 추산에 따르면 매년 양계장과의 갈등으로 사망하는 삵은 20마리에서 50마리 이상인데, 이는 도로에서 로드킬당하는 수보다 더 많다고 한다. 어떻게 해야 사람과 삵의 충돌을 완화할 수 있을까.

*

삵 시리즈는 내가 가장 많은 기관과 연락하고 가장 많은 전문가와 인터뷰한 테마 프로그램이었다. 고유종연구보유센터, 대만산림청, 대만삵보전협회, 국립핑둥과학기술대학교 야생동물 수용센터, 교통부 고속도로국, 국립자연과학박물관, 쌀 재배 농가, 양계 농가, 위안리의 삵 사냥꾼……. 연락하고 인터뷰해야 할 명단은 여러 방면에 걸쳐 풍부했지만, 막상 실행에 옮기려니 자질구레하고 복잡했다. 다짜고짜 거절당하거나 완곡하게 거절당했다. 하지만 절대로 조급하게 굴거나 당황하지 않았다. 전화를 한 통 걸면 여러 군데로 전달되었고, 메일을 한 통 보내면 또다시 여러 군데로 보내졌다. 사람들을 일일이 찾아가서 부탁하고 또 부탁했다. 장소도 일일이 찾아가야 했다. 이 사람들과 프로젝트는 거의 독립적이라서 외따로 떨어진 점과 같았다. 나는 이 점들을 하나로 이어 면으로 만드는 일을 시도했다. 난도도 높았고 일의 규모도 대단히 컸다. 그만큼 좌절도 심했고 포기하고 싶다는 생각도 여러 번 스쳐 지나갔다.(결국 초콜릿 과자를 하나하나 먹어 치우면서 부정적인 생각을 떨쳐냈지만!)

게다가 좋은 장면을 건지기는 또 얼마나 힘들었는지! '삵 엄마'로 알려진 메이팅 박사는 아예 처음부터 대놓고 말했다. 아무런 환상이나 기대를 하지 말라고. 자기도 삵을 20년 동안이나 연구했지만, 야외에서 직접 삵을 본 적은 단 한 번도 없으며 접촉했던 삵은 대부분 죽거나 다친 상태였다고 했다. 과연 메이팅의 말이 옳았다. 이 경계심 높은 야행성 동물은 추적하기가 대단히 어려웠다. 수컷 삵의 활동 범위는 약 5제곱킬로미터로 축구장 7백 개를 합친 크기다. 암컷 삵은 2제곱킬로미터 남짓이다. 게다가 삵은 보금자리를 만들지 않고 혼자 산다. 전문적으로 추적하든 가만히 지키고 기다리든, '삵'을 직접 만날 찬스는 똑같이 아득하기만 했다.

2018년부터 2019년에 걸쳐 1여 년간 촬영했지만, 나와 삵이 가장 가까운 거리에 있었던 건 국립핑둥과학기술대학 수용센터에서였다. 그곳에 촬영 신청을 한 지 1년 뒤에야 앞발이 잘린 삵

'아페이'를 만날 수 있었던 것이다. 덫에 걸려 앞발이 잘린 채 포획된 아페이는 집으로 돌아가지 못하고 수용센터에서 지냈다. 30분 동안 채혈하고 건강검진을 하고 광견병과 파상풍 백신을 놓고 결핵균 테스트까지 했다. 검사 과정은 신속하고 정확했다. 나와 두 카메라맨은 무척 긴장했다. 1분 1초라도, 사소한 동작 하나라도 빠트릴까 봐 잔뜩 숨을 죽이고 정신을 집중했다.

아페이를 찍느라 1년이나 기다려야 했던 이유는 간단하다. 수용센터의 삶은 1년에 딱 한 번 건강검진을 하기 때문이다. 작년에 냈던 신청서가 통과되지 않았으므로 올해 다시 한번 신청해야 했다. 깊은 절망에 빠져 있던 어느 날 저녁, 갑작스러운 전화를 받았다.

"PD님, 내일 핑둥에 오실 수 있나요? 아페이의 임시 건강검진이 잡혔거든요."

"되고말고요. 갈 수 있어요!"

나는 흥분해서 크게 소리쳤다. 해야 할 일이 산더미라도 달려가야지! 다음 날 첫 고속열차로 가오슝까지, 가오슝에서부터는 차를 타고 핑둥으로 갔다. 30분 동안의 촬영을 마치고는 왔던 길 그대로 서둘러 타이베이로 되돌아왔다. 남북을 가로지르면서도 마음은 무거운 짐을 벗어버린 듯 홀가분했다. 이번 기회를 놓치면 프로그램 한 편에 담을 만한 삵의 장면을 확보할 수 없었기 때문이다.

막대한 전반 작업과 후반 작업이 있었고, 너무나 많은 자료가 있었다. 원고를 쓰는 동안은 밤마다 잠을 설치다시피 했다. 자칫 오해가 생기면 대립이 조성되기 쉬운 테마였으므로 단어를 조심스럽게 골랐다. 나는 한 자 한 자 신중하게 골랐다. 시청자의 감정을 부추길까 걱정스러웠기 때문이다. 또 삵 보전에 관한 국제 심포지엄에 참석해서 강연도 몇 개 듣고, 여러 방면의 의견을 다양하게 모으려 했다. 나는 삵이 직면한 여러 가지 문제를 상세하게 보도하고 싶었다. 삵의 생존을 위해 싸우는 사람들이 있으며, TV 앞에 있는 여러분도 보전 행렬에 동참하기를 바란다고 시청자에게 말하고 싶었다.

*

2019년 8월 〈사라지는 산의 정령: 삵〉 편이 방송되자 수많은 시청자가 문의했다.

"삵의 보전을 위해 제가 뭘 할 수 있을까요?"

"제가 삵 보전에 참여할 수 있을까요?"

열렬하고 폭넓은 반응에 흥분한 나는 속편을 제작해야겠다고 다짐했다. 아직 찍지 못한 것도, 하지 못한 이야기도 많았다!

첫 편이 방송되고 나자 다행히 '양심 있는 매스컴', '정도 경영'을 한다는 신용이 어느 정도 쌓였다. 또 인터뷰 대상자나 취재했던 단체의 신임도 얻었다. 덕분에 속편 제작을 위한 방문 예약과 촬영은 이전보다 훨씬 순조로웠다. 제2편 〈삵의 삶과 죽음〉은 삵의 진실한 세계로 들어가서 삶과 생사의 거리를 탐구했다.

이번 촬영은 마찬가지로 2년에 걸쳐(2019년에서 2020년까지, 대만의 보전류 동물을 촬영하는 일은 전부 인내심 싸움이었다.) 이루어졌다. 우리는 어미를 잃은 새끼 삵 세 마리가 돌봄과 훈련을 거쳐 야생 방사되는 성장 과정을 기록했다. 또 장애 입은 삵 '애꾸'가 야생 방사되고 사망에 이르기까지의 생사를 넘나드는 과정도 추적했다. 그밖에도 로드킬당한 삵을 해부해서 기생충을 검사하는 연구 프로젝트나, 삵에게 우호적인 생태를 만들어 주기 위해 도로 경고 표지를 세우는 등의 보조 프로젝트에도 참여했다. 이를 통해 시청자가 이 고양잇과 동물을 더욱 잘 이해하기를 바랐다.

그동안 난터우현에 있는 고유종연구보전센터의 야생동물 응급 구조 스테이션에는 최소 열 번 이상을 다녀왔다. 하도 많이 다녀서 나조차도 민망할 정도였다.('저 여자 왜 또 왔대?') 응급 구조 스테이션의 수의사들과 보전 활동가들은 나라면 진저리가 날 것이다. 툭하면 뻔뻔하게 얼굴을 들이밀고 이것저것 꼬치꼬치 캐묻질 않나, 메신저로 질문 공세를 퍼붓질 않나, '네 맘이 내 맘'이라며 꽁무니를 쫓아다니질 않나.

이제 새끼 삵 세 마리의 이야기를 해보자. 처음 만났을 때는 우리를 사이에 둔 채 그들의 울멍울멍한 커다란 눈을 바라보기만 했다. 세상에, 어쩜 이렇게 귀여운 동물이 다 있을까! 심장이 쿵덕거리는 게 느껴질 정도로 너무 귀여워서 혼이 나갈 것만 같았다. 이 꼬물이 세 마리 중 둘은 남매였다. 어미를 잃은 삵 남매는 어느 도랑에서 발견됐다. 당시 남매는 고작 생후 2주였다. 갓 눈을 떠서 시력이 모호했고 체중은 생수병 하나보다도 가벼웠다. 사육사가 보모처럼 24시간 돌봐줘야 했다. 그러던 중 또 다른 생후 5주짜리 새끼 삵도 이곳에 들어오며 세 마리는 함께 지내게 됐다.

야생 방사하기로 한 어린 새끼에게는 보통 이름을 붙여주지 않는다. 하지만 이번에는 세 마리가 함께 있었으므로 구별을 위해 오빠, 동생, 사촌(나중에 온 삵과 남매 삵은 사실상 혈연관계가 아니지만.)이라고 이름을 붙여줬다. 이 세 마리 삵은 기본적으로 평화롭게 공존했지만 먹이를 먹을 때만큼은 피도 눈물도 없이 굴었다.

생쥐를 넣어줬더니 오빠는 동생에게 양보하지 않았고, 사촌은 가장 사납게 굴었다. 한번은 건강검진 전에 사촌이 모두의 먹이를 독차지하는 바람에 체중이 백 그램 폭증하는 사건도 있었다.

3백 그램에서 3킬로그램이 될 때까지, 서서히 젖을 끊고 먹이를 먹는 훈련, 쥐를 인식하고 뛰어올라 잡는 생존 훈련 등을 했다. 야외 훈련 장소도 끊임없이 바꾼 결과, 마침내 순조롭게 산에 방사할 수 있었다. 이 5개월 동안 나는 삼 남매의 성장 과정을 기록했다. 그들이 점점 자라나는 모습을, 들쥐며 비둘기며 메추리를 잡는 법을 배우는 모습을, 그들이 건강검진을 받고 야생으로 돌아가는 뒷모습까지……. 나는 사육사의 심정을 이해할 수 있었다. 얼마나 애틋하고 안쓰러운 인연인가!

야생 방사하던 그날, 삵 오빠는 앞으로 나가지 않고 우물쭈물해서 더욱 마음이 쓰였다. 이동장을 열자마자 바람처럼 빠져나갈 거라는 예상과는 달리, 오빠는 이동장 안에 웅크린 채 눈을 감고 잠든 척하다가 또 토라진 듯 등을 돌려버렸다. 그래, 바깥세상으로 어떻게 선뜻 나아갈 수 있을까. 차에 치여 죽거나, 개에게 물려 죽거나, 독을 먹고 죽거나, 사냥당해 죽을 수도 있다. 질병의 위협도 있고 서식지도 열악하다. 바깥 세상은 한시도 안전하지 않은 곳임에는 분명하다. 하지만 위험하다고 해서 집으로 돌아가지 않을 수는 없다. 40분이 지났다. 날이 점점 저물고 있었다. 우리는 옆에 숨어서 쪼그려 앉은 채 오빠가 이동장에서 나오기를 기다렸다. 사육사는 말했다.

"시간을 좀 더 주자고요."

마침내 오빠는 공포와 걱정을 극복하고 발을 내디뎠다.

나는 마음속으로 기도했다. 안녕, 꼬마야. 네가 평안하고 건강하기를, 우리의 후손들이 너희와 함께할 기회가 있기를 바라. 이 땅에서 우리 모두 함께 잘 살아가자.

강심장이 아니면
보전 활동을 할 수 없다

취재 과정 중 열정적이고 프로페셔널한 보전 활동가들을 알게 됐다. 멸종위기종을 구하기 위해 몰두하는 환경인들이야말로 사실상 보전되고 보호돼야 할 '희귀종'이다. 예컨대 고유종연구보전센터에 있는 삵 전문가 위슈가 그렇다.

위슈는 고유종연구보전센터의 연구원으로, 직업 정신이 투철한 삵 전문가다. 나는 사적인 자리에서는 위슈를 삵 언니라고 부른다. 위슈는 대만에서 삵의 생사와 관련된 연구와 프로젝트라면 무엇이든 반드시 참여한다. 어미를 잃은 어린 짐승을 돌보는 일도 일상다반사다. 삵은 그의 인생 전부나 마찬가지다.

한번은 위슈를 따라서 자동카메라를 설치하러 갔다. 통화할 때 하도 대수롭지 않게 말하기에 카메라를 설치하는 지점이 도로변인 줄로만 알고 간편한 차림에 간단한 장비만 챙겨서 나갔다. 그런데 산 넘고 고개를 건널 줄이야! 다행히 어느 친절한 자원봉사자가 그 자리에서 대나무를 잘라 등산지팡이를 만들어 줬다. 느닷없는 상황에 나는 손발을 함께 쓰면서 구르다시피 정상으로 기어 올랐다. 정작 아담한 체구의 위슈는 어디서 그런 힘이 나는지 호흡 한 번 흐트러지지 않고 선두를 달렸다.

"신이, 여기가 전형적인 삵의 통로예요!"

위슈는 흥분해서 말했다. 반면 난 헐떡거리며 숨을 고르느라 정신이 없었다.

메이팅과의 일화도 있다. 어느 날, 메이팅을 따라 삵의 발자국을 찾으러 풀이 사람 키보다 높이 자란 산비탈을 뚫고 들어갔다. 풀밭에 있으려니 모기떼와 거미가 계속 내 몸 위로 기어 올랐다. 메이팅은 웃으며 말했다.

"모기가 나는 안 물던데!"

내가 보기에는 메이팅이 오랫동안 야외에서 연구했으니 모기도 그에게 정이 들어서 그런 것 같다. 대만 삵 연구의 일인자로서 '삵 엄마'라고 불리는 메이팅은 2005년에서 2008년까지 삵 여섯 마리를 추적했다. 그러나 삵 여섯 마리가 모두 죽는 바람에 그는 슬픔에 빠졌다. 덫에 걸려 죽거나, 독이 든 미끼를 먹고 죽거나, 사냥꾼에게 붙잡힌 것을 포함해 심지어 사람에게 잡아먹혔다고 의심되는 사례도 있었다. 나는 메이팅에게 물었다.

"왜 삵을 연구하기로 했나요?"

그는 웃으며 대답했다.

"제가 고양이를 좋아하거든요."

"다른 고양잇과 동물을 연구하실 수도 있잖아요?"

"원생 고양잇과 동물은 삵만 남았어요. 구름표범은 사라졌거든요."

그가 연구를 처음 시작할 때의 마음가짐은 단순했다. 하지만 동물을 연구하면서 시종일관 사람의 존재를 떼어놓고 생각할 수는 없었다.

"삵 보전에 종사하면서 가장 어려운 점이라면 삵과 사람 사이가 너무 밀접하다는 거예요. 사람으로 인한 문제가 가장 해결하기 어려워요."

사람으로 인한 문제를 해결하기 위해 메이팅은 삵의 최대 서식지인 펑수리에 전입 신고를 했다. 펑수리는 메이팅에게 의미가 깊은 곳이었다. 그가 처음으로 잡아서 표식을 붙이고 풀어준 '아수'라는 삵이 바로 이 펑수리에서 왔던 것이다.

대만의 낮은 산 구릉 지대는 대부분 사유 농지나 임지라서 보호구역을 구획하기가 어렵다. 삵 보전에 관해 논하려면 반드시 작은 마을 공동체에서부터 시작해야 했다. 메이팅은 거듭 설명회를 열어서 삵 보전에 관해 안내하고 서식지 주민에게 삵과 공생하는 게 얼마나 중요한지 알려줬다. 삵과 집고양이를 구분할 줄 모르는 어르신도 많았다. 삵과 집고양이의 체형과 외모가 매우 비슷했기 때문이다. 메이팅은 싫증 내지 않고 계속 설명했다. 삵을 쉽게 구별할 수 있는 특징이 두 가지 있다. 삵은 눈구멍 안쪽에서 이마까지 뻗은 흰 선이 두 줄 있고, 귀 뒤에도 흰 점무늬가 뚜렷이 박혀 있다. 이 두 가지 특징만 기억해 두면 삵을 집고양이로, 집고양이를 삵으로 오인하지 않을 것이다.

메이팅은 설명회만 한 게 아니었다. 마을 공동체의 야간순찰대에도 자발적으로 등록했다. 거주민의 생각을 더욱 이해하고, 그들의 삶에 녹아들기 위해서였다.

"선생이 우리 동네에 온 지 벌써 십여 년이 됐어요. 처음엔 저분을 몰랐죠. 매일 밤 수상쩍게 돌아다닌다고만 생각했지."

순찰대 동료가 투덜댔다. 수상쩍다는 말을 듣자 메이팅은 크게 웃으며 말했다.

"2007년에 무선전파를 추적하다가 순찰대에 붙잡힌 적이 있거든요. 우리가 도둑인 줄 안 거죠."

2014년 메이팅은 임무국의 생태보전 전문가 젠쉰의 협력을 받아 은퇴한 농민들을 설득해 펑수리의 황폐해진 농지를 복구했다. 친환경 방식으로 벼를 심고, 농약과 제초제는 물론 쥐약도 사용하지 않았다. 곧 밭의 생태계가 풍부해졌다. 삵도 게도 나타나며 선순환을 이루었다.

내가 감동하고 감탄하는 사람이 또 있다. 대만에서 가장 큰 '사체死體 수집 그룹'인 로드킬관측망의 더언이다. 나는 더언을 따라 산에 올라가서 동물의 사체를 몇 번이나 거뒀다. 그는 날카로운 매의 눈으로 저 멀리 땅바닥에 짓이겨져 형체를 알아볼 수 없게 된 바싹 마른 개구리, 도마뱀, 박쥐, 쥐 등을 찾아냈다. 고유종연구보전센터의 더언은 2011년부터 로드킬당한 동물을 조사하기 시작했다. 그는 소셜 미디어를 통해 로드킬당한 동물을 발견하고 촬영하고 자료를 수집했다. 간단한 몇 걸음으로 대만 최대 규모의 민간 과학 참여 활동을 끌어낸 것이다. 초기에 자원봉사자는 고작 12명이었지만 지금은 약 2만 명에 가깝게 발전했고, 누적 자료는 10만 건이 넘는다.

더언은 자기가 대만에서 동물 사체를 가장 많이 줍고 거둔 사람일 거라고 말했다. 열렬한 시민들은 한밤중에도 동물 사체를 보내온다고 한다. 그의 사무실에 있는 냉동고에는 비스킷이나 케이크 상자가 잔뜩 있는데, 그 상자를 열어 보면 죄다 동물의 사체가 들어 있었다. 더언은 로드킬당한 동물의 연구를 통해 로드킬의 배후에 있는 진상을 낱낱이 파헤치고 더욱 다양한 방면의 보전 방식을 찾아내기를 바라고 있었다.

"이 녀석들도 헛되이 희생당한 건 아닐 테니까요."

*

"신이, 오늘 '애꾸'의 사망 신호를 받았어요."

2020년 1월 음력 설 전, 위슈가 이런 메시지를 보냈다. 이 문장에는 아무런 감정도 들어가 있지 않았지만, 나는 그의 심정을 알 수 있었다. 설 연휴인데도 위슈는 혼자서 사망 신호를 따라 애꾸의 사체를 찾으러 갔다. 한 시간 넘게 산길을 기어 올라 어느 황폐한 임지의 저수지에서 겨우 애꾸의 사체를 발견했다. 하지만 못이 너무 깊어 공구와 인력의 도움으로 애꾸를 수습할 수 있었다. 나는 위슈의 팀을 따라 수심 2.5미터의 저수지로 가서 머리와 꼬리가 분리된 사체를 수습했다. 유골을 수습하는 동안 위슈는 대단히 평온했다. 생태 관련 업무에 종사하는 이상 이런 일에 익숙해질 수밖에 없다. 그날 저수지에서는 애꾸의 유해뿐만 아니라 대만원숭이의 머리뼈도 여섯 마리 분이나 건져냈다. 위슈는 이것도 함께 거두어서 연구하기로 했다.

'애꾸'는 지지 고유종연구보전센터에서 첫 번째로 치료해서 야생 방사한, 장애를 입은 삵이었다. 애꾸는 작년 6월 양계장에서 닭을 훔쳐먹다가 양계장 주인에게 붙잡혀 고유종연구보전센터의 야생동물 구급 스테이션으로 보내졌다. 당시 애꾸의 오른쪽 눈은 이미 실명 상태였다. 한쪽 시력을 잃었지만 애꾸는 매우 강한 생존 의지를 보였다. 4개월간의 돌봄과 야외 훈련을 받고 야생 방사 훈련도 순조롭게 통과했다. 야생 방사하던 그날 오후는 햇볕이 참 좋았다. 애꾸는 이동장에서 뛰쳐나가 눈 깜짝할 새 산으로 들어가버렸다. 당시의 광경을 떠올리면 아직도 마음속에는 따사로운 햇볕이 내리쬐는 듯하다. 그런데 한 달여 뒤 깊은 산속 버려진 저수지에서 사망 신호가 전달되다니. 애꾸는 저수지에 빠져 죽고 사체만 남았다. 그렇게나 살려고 노력했는데. 나는 이런 반전을 기록하고 목도하면서 속으로는 아쉬움과 허무함, 그리고 절망을 느꼈다. 삶의 보전에 종사하려면 큰 인내심이 필요하고 강심장도 필요하다. 삶과 죽음의 거리가 이토록 가까운데 어떻게 마음을 다스려야 할까? 나는 그 방법을 모르겠다. 아직도 그 방법을 배우는 중이다.

위슈는 아무 말도 하지 않았지만, 나는 그가 무척 괴로워한다는 걸 알았다.

2019년, 위슈는 난터우에서 삵 세 마리를 방사했지만 그중 두 마리는 죽었다. 애꾸 말고도 '타이16'이라고 이름을 붙인 수컷 삵(고속도로 타이16선 지지 노선에서 발견했으므로 타이16이라고 이름을 붙였다.)이 두 마리 중 하나였다. 나는 고유종보전센터에서 비둘기를 잡는 훈련을 하는 타이16을 촬영한 적이 있다. 조그만 녀석이 등을 웅크리고 이를 드러낸 모습이 참 사나웠다! 그때는 이 녀석이 야생으로 돌아가면 아무도 감히 녀석을 괴롭히지 못할 거라고 생각했더랬다. 그러나 타이16은 방사한 지 한 달 만에 농지 가운데에서 발견됐다. 들개에게 공격을 받아 죽은 듯, 추적기가 달린 목걸이의 안테나는 부러져 있었고, 마지막 기록은 2019년을 넘기지 못했다. 타이16의 사망 소식을 들은 건 2020년 첫날로 기억한다. 위슈는 똑같은 내용을 알려줬다.

"신이, 정초부터 나쁜 소식을 전하네요. 타이16이 죽었어요."

위슈는 담담하게 말했다. 어쩌면 동물의 죽음조차도 우리에게 여러 가지를 알려주는 게 아닐까? 애꾸처럼 말이다. 애꾸의 죽음은 우리에게 야생동물이 빠져나오지 못한 채 죽는 저수지가 있다는 것을 알려줬다. 위슈와 고유종센터의 동료들은 저수지를 보자 현장에서 자재를 모아 동물이 쉽게 빠져나갈 수 있는 시설물을 만들었다. 긴 나무를 버려둠으로써 실수로 떨어진 동물이 기어 오를 수 있는 통로를 제공한 것이다. 이걸로 다른 생명을 구할 수 있다면 애꾸도 헛되이 희생되지는 않은 셈이다. 그렇게 생각해야만 했다. 그렇지 않으면, 거듭되는 좌절 속에서 어떻게 마음을 가다듬고 다시 도전할 수 있을까? 성공이나 실패, 삶과 죽음을 따지지 않고 보전과 구조에 집중하는 것도 자신의 각오를 다지는 방식의 일종이리라.

*

2020년 4월에서 6월까지 2개월 동안 나는 타이베이와 타이난을 여러 차례 오갔다. 56일 동안 2천 명의 자원봉사자들이 좌초한 들고양이고래*를 구조하고 야생 방사하는 과정을 기록하기 위해서였다. 암초에 얹혀서 테트라포드**에 걸린 고래를 구조스테이션에 보냈을 때는 상태가 무척이나 나빠서 의료팀에서도 최악의 상황을 대비하고 있었다. 고래는 호흡기가 감염돼 폐부에 염증이 생겼고, 전신에도 깊은 상처가(심한 부위는 뼈막까지 다쳤

* 참돌고래과에 속하는 이빨고래의 일종이다.

** 방파제나 호안 등의 피복제로 사용되는 콘크리트로 만든 가지가 4개 달린 이형 블럭이다.

다.) 잔뜩 있었으며, 영양 상태도 불량해서 스스로 수면 위로 올라가 환기할 수조차 없었다. 자원봉사자들은 24시간 교대로 수조에 들어가 고래가 움직이지 않도록 껴안아서 고정했다. 나도 수조에 들어가서 녀석을 안아 봤는데 진짜로 무거웠다! 자원봉사자는 대만 각지에서 달려온 사람들이었다. 수많은 사람이 구조 스테이션의 소파와 바닥에서 눈을 붙이거나 라면으로 끼니를 때우고, 모기에게 물어뜯기며 지냈다. 의료팀은 매일 고래를 치료하고 먹이를 주입하고 네블라이저*도 어렵게 달아줬다. 고래도 무척 노력했다. 과거 대만에서 좌초한 고래를 구조해서 야생 방사에 성공한 확률은 대략 10퍼센트였지만, 고래도 구조팀도 포기하지 않았다.

마침내 염증 수치가 내려갔고 35일째 되는 날에는 고래 스스로 물에 떠서 움직일 수 있었다. 재활 성과도 상당히 좋았으므로 평가를 거쳐 56일째 되는 날 고래를 순조롭게 방사했다. 그날 새벽 4시 반, 수조 이동과 크레인 작업이 시작됐다. 가는 도중 갑자기 큰비가 쏟아졌지만, 야생 방사 지점에 도착했을 때는 비가 그치고 하늘이 활짝 갰다. 아름다운 이별이었다. 나는 지난 56일 동안 선생님들, 수의사들, 자원봉사자들이 전력을 다하는 모습

* 호흡기 질환에 사용하는 의료기기. 약물을 미세 분무하여 안면 마스크 등을 통해 흡입한다.

을 봤다. 생존율이 얼마든지 간에 고래에게 집으로 돌아갈 기회를 주려는 모습이었다. 어쩌면 이 모든 노력이 있었기에 10퍼센트라는 성공률이 나온 건 아닐까. 이성적인 관점에서 보자면 너무 감성적인 말인지도 모르지만, 나는 성공하든 실패하든 간에 구조하려는 과정 자체에 여러 의의가 담겨 있다고 믿는다. 전문가들은 구조를 통해 이 해양 생물종을 더욱 잘 이해할 수 있었고, 자원봉사자는 참여를 통해 보전과 더욱 긴밀하게 연결될 수 있었다.

보전 활동가는 마음과 정을 다 쏟고, 간도 쓸개도 빼주다시피 하며 어린 짐승을 아이처럼 돌본다. 하지만 매번 손을 놓아야 할 때가 오면 감정을 잘라내고 영혼을 떼어놓아야 한다. 흑곰 엄마 메이슈도 그러했다. 부모를 잃은 흑곰 메이아를 9개월이 될 때까지 돌보고 훈련시켰다. 9개월이라는 시간 속에서 가장 괴로웠던 순간은 역시 야생 훈련의 마지막 단계인 '단사리*'라고 했다. 헤어지기 전 메이슈는 이렇게 말했다.

"지금 우리는 널 산신께 돌려보내려고 해. 조상의 품으로 돌아가서 마음껏 뛰놀아라. 자연의 보물……. 앞으로 너는 너고, 나는 나야."

---

* 斷捨離. 끊고(단) 버리고(사) 떠나는 것(리)을 의미한다.

삶과 죽음, 스쳐 지나가는 인연, 만남과 헤어짐까지. 강심장이 아니면 보전은 할 수 없다.

코뿔소에게 들이받혔을 때부터 시작된 이 길을 이리저리 비틀거리며 걸어왔다. 글을 쓰는 과정은 감정을 정리하는 것과 같았다. 지난 시간 느꼈던 기쁨, 감동, 놀람, 피로, 외로움, 좌절을 다시 한번 경험한 듯했다.

솔직히 말하자면 처음에는 조금 거부감이 들었다. 그래서 옛 상사인 천하오 부장님으로부터 처음 책을 써보자는 제안을 받았을 때도 내 이성과 감성은 오랫동안 싸웠다. 초고를 건네자 출판사 관계자가 물었다.

"신이 씨, 여기에 '자기' 얘기를 좀 더 써넣으면 어때요?"

"글쎄요, 이 책의 주인공은 동물이에요."

"신이 씨도 있잖아요! 독자와 교감하면서 독자를 당신의 세상으로 데려와야죠."

'자기'를 넣으라는 말에 불현듯 두려워졌다. 자신을 넣는다는 것은 동물이 처한 위기를, 생태 보전에 관한 지식을 키보드 뒤에 숨어서 객관적으로 안전하게 써낼 수 없다는 뜻이었다. 게다가 이런저런 희로애락과 우여곡절, 딱지가 진 상처까지도 다시 건드려야 하는 것을 뜻했다.

출판사 측의 충고와 격려 아래 마침내 '자기'가 들어간 책을 써냈다. 나를 포기하지 않고 그간의 경험과 추억을 돌이켜볼 기회를 준 천하오 부장님과 출판사 위이팡 대표님께 감사를 전한다. 그동안 나는 수많은 어려움과 반대를 극복했고, 수많은 도움과 기적을 받았다. 게다가 뜨거운 마음으로 헌신하는 세계 각국의 과학자, 연구원, 보전 활동가, 자원봉사자를 알게 됐다. 난 얼마나 행운아인가!

〈지구의 고아〉는 2016년부터 제작해서 방송했다. 첫해에는 '들어본 적 없는 프로'였지만, 점점 '어디선가 본 적 있는 프로'라는 반응이 왔고, 지금은 '내가 좋아하는 프로'가 됐다. 시청자의 긍정적인 반응과 의견이야말로 우리와 같은 초미니 팀에게는 가장 큰 지지와 원동력이다. 그리고 아이들과 함께 이 프로그램을 시청하고 감상을 공유하는 학부모도 점점 늘고 있다.

"생태 보전이라는 개념이 아이들 마음속에 뿌리를 내렸어요."

"이 프로 덕분에 우리도 땅과 동물에 관심을 갖게 됐어요."

그뿐만 아니라 수많은 초등학교 교사가 수업 시간에 〈지구의 고아〉를 학생들에게 보여준다고 한다. 아이들이 우리 프로그램을 통해 어릴 적부터 보전에 관심을 갖고 생태계를 이해하고 더 나아가 환경을 소중히 하고 동물을 보호하게 됐다는 사실을 알았을 때 나는 가슴이 벅차올랐다. 그동안 부지런히 돌아다니며 고군분투했던 과정이 모두 아름답게 승화됐다.

현재 지구의 생태에 닥친 재앙 때문에 생물종이 멸종하고 있다. 우리는 이 국면을 바꾸고 전환할 수 있는 마지막 세대다. 오늘 우리가 한 모든 행동이 지구의 미래를 결정한다. 그래서 내가 더욱 많은 것을 할 수 있기를 바라며 〈지구의 고아〉를 촬영하고 『지구의 고아들(원제: 나는 동물 고아원에서 사랑을 보았습니다)』를 썼다. 이건 내 평생의 사명이자 언론인으로서의 책임이기도 하다. 더욱이 다음 세대의 교육을 위해 내가 할 수 있는 모든 것이자 최대한의 노력이기도 하다.

역자 후기

"인생의 어느 순간에는 자기가 무슨 일을 해야 할지, 느낌이 팍 온다고들 하잖아요."

타이완 MOMOTV의 좌담 프로그램 〈다윈스탕[大雲時堂]〉에 출연한 저자 바이 신이는 이 말로 자연 다큐멘터리 제작에 뛰어들게 된 계기를 설명했다. 나와 이 책의 만남이 그리 운명적이었다고 할 수는 없지만, 이 책을 만난 순간 무슨 일을 해야 할지, 느낌이 팍 왔다.

당시 나는 첫 번째 책의 번역을 마무리하고 두 번째 번역서를 준비하느라 타이완 인터넷 서점을 둘러보던 중이었다. 한자로 뒤덮인 화면에 멀미가 나기 직전, 알쏭달쏭한 알고리즘은 『지구의 고아들(원제: 나는 동물 고아원에서 사랑을 보았습니다)』라는 제목의 책을 점지해주었다.

동물 고아원이라니! 그 키워드에 순간 '이거다!'라고 느꼈다. (여기서 눈치채셨겠지만 나는 이 분야에 관해 아는 게 전혀 없는 문외한이다. 부끄럽지만 동물권이나 생태 보호라는 개념은 어렴풋하게만 알고 있었고, 보호소의 존재도 제대로 몰랐다고 고백해야겠다.) 게다가 단 세 사람이 세계를 돌아다니면서 다큐멘터리를 찍는 이야기라니. 찍는 대상마저 사람이나 풍경이 아닌, 인내심을 시험에 들게 하는 멸종 위기 동물이었다! 소재에 혹한 나는 얼른 책을 주문했고, 유튜브로 〈지구의 고아〉 다큐멘터리도 찾아보았다.

나름대로 열심히 기획서를 작성해서 몇몇 출판사에 보냈지만 뜻밖에도 반응은 신통치 않았다. 아무래도 내 욕심이 너무 앞섰던 걸까 생각하던 어느 날, 낯선 이름으로 메일 한 통이 왔다. 출판사를 개업하려고 준비하던 중에 이 기획서를 보았다며, 이 책의 계약 여부를 문의하는 내용이었다. 이 메일을 보낸 분이 바로 페리버튼의 김지유 대표님이다. 정말 예상치 못한 전개였지만, 우여곡절 끝에 이 책을 한국의 독자에게 소개할 기회를 얻게 되었다.

책에서는 동물 고아원 여섯 군데를 중점적으로 다루었지만,

제작진이 실제로 촬영한 동물은 훨씬 많다. 남극의 펭귄, 북극의 북극곰, 뉴질랜드의 키위새, 아프리카의 사자를 비롯해 〈지구의 고아: 타이완의 정령〉이라는 타이틀로 타이완의 멸종 위기 동물인 천산갑, 돌고래, 담비, 흰얼굴날다람쥐, 가면올빼미 등을 다루었으며, 지금도 계속 제작해 방영하고 있다.

〈지구의 고아〉에는 다른 자연 다큐멘터리와는 달리 웅장한 자연 광경이나 경외감을 느끼게 하는 야생의 모습이 담겨 있지는 않다. 그보다는 인간 때문에 상처받은 동물의 모습, 그리고 그 상처를 치유하려고 분투하는 사람들의 모습을 가감 없이 담는 데 집중했다. 동물 고아원의 사람들은 자신의 공을 내세우지도 않고, 인류가 우월하다고 여기지도 않는다. 인간을 지구라는 모자이크 작품을 구성하는 조각으로 여기고, 다른 조각과 잘 어우러지는 길을 모색한다. 이들의 이야기를 보노라면 나 역시 그 모자이크 작품의 일부로서 그들과 잘 어우러져 아름다운 작품의 일부가 되고 싶다는 생각이 든다. 그랬기에 일견 무모해 보이는 이 프로젝트가 대중의 반향을 얻을 수 있었을 것이다.

그러나 이러한 노력에도 불구하고 현재 멸종 위기 동물의 상황은 절망적이다. 지금 같은 상황에서는 보전 작업에 뛰어든 사람도, 옆에서 응원하는 사람도 무력감을 느낄 수밖에 없다. 그렇지만 저자는 우리가 절망적인 미래를 바꿀 수 있는 마지막 세대라고 이야기한다. 이하 〈다윈스탕〉에 출연한 저자의 말을 인용했다.

- 사회자: 지금도 희망이 남아 있다고 생각하세요? 아니면 비극적인 종말의 모습을 보셨나요? 어떻게 보셨어요?

- 바이 신이: 전 아직 늦지 않았다고 생각해요. 지금도 수많은 사람이 생태 멸종이라는 비극을 막느라 열심히 노력하고 있잖아요. 더 많은 사람이 참여한다면 늦지 않을 거라고 생각해요. 몇 년 전에 발표된 지구 생명에 관한 보고서에서는 우리가 이런 상황을 바꿀 수 있는 마지막 세대라고 했어요. 우리 세대가 바뀌지 않으면 진짜로 아무것도 남지 않을 거예요.

(중략)

- 사회자: 방금 거론한 나무늘보의 경우처럼, 그들을 한곳에 몰아넣는다고 해서 원래의 모습을 회복할 수 있을까요? 아니면 그곳은 잠깐 머무는 수용소일 뿐일까요? 어떻게 생각하세요?

- 바이 신이: 저는 그곳을 변할 수 있다는 희망으로 봤어요. 하나의 시작점요.

- 사회자: 희망이란 말이군요.

- 바이 신이: 하나의 시작점이죠. 나무늘보 고아원의 원장 부부가 땅을 사들여서 나무늘보를 야생 방사한 이야기에 많은 사람이 감화되리라고 생각해요. 동물에게 일정한 구역이나 생존 공간을 남겨준다는 개념을 갖는 것도 변화의 시작이겠죠. 행동하지 않으면 아무것도 남지 않으니까요.

현재 상황은 분명히 절망적이다. 하지만 그 속에서도 작은 희망을 보았기에 저자도 이 힘든 작업을 계속할 수 있었던 게 아닐까. 그는 이 프로그램을 본 시청자에게서 '어린이들의 마음속에 자연 보전이라는 개념의 씨앗이 뿌려졌다', '우리가 어떻게 하면 동물을 도울 수 있을까'라는 반응을 얻었을 때 가장 보람찼다고 말한다. 아마 그 피드백에서 지구를 바꿀 수 있다는 희망의 씨앗을 보았기 때문일 것이다. 그는 지금도 프로그램의 제작에만 그치지 않고, 페이스북 등을 통해서 시청자의 마음속에 뿌린 씨앗이 쑥쑥 자라도록 돕는 활동을 이어가고 있다.

처음 기획서를 쓸 때는 저자의 뚝심과 실행력에 압도됐지만, 번역을 시작해서 찬찬히 들여다볼수록 세계의 동물과 그들을 돕는 사람들의 이야기에 빨려 들어갔다. 그리고 내게도 자연 보전과 멸종 위기 동물이라는 개념의 작은 씨앗이 뿌려졌다. 부디 독자의 마음에도 작은 씨앗이 뿌려지기를 바란다. 이 작은 씨앗이 무럭무럭 자라날수록 우리의 지구는 지금보다 좀 더 나은 곳이 될 것이다.

김지민